SONIA RODRIGUES

2011

SONIA RODRIGUES

Atentado

Editora Nova Fronteira Participações S.A.
Rua Nova Jerusalém, 345 – Bonsucesso – 21042-235
Rio de Janeiro – RJ – Brasil
Tel.: (21) 3882-8200 – Fax: (21) 3882-8212/8313

Texto revisto pelo novo Acordo Ortográfico.

CIP-Brasil. Catalogação na fonte.
Sindicato Nacional dos Escritores de Livros, RJ.

R611a Rodrigues, Sonia
7.ed. Atentado / Sonia Rodrigues. – 7.ed. – Rio de Janeiro: Nova Fronteira, 2011.

ISBN 978-85-209-2625-3

1. Literatura infantojuvenil brasileira. I. Título.

CDD: 028
CDU: 087.5

À memória do professor Heleno Cláudio Fragoso, um homem nobre.

Ao meu irmão Paulo César Rodrigues, sobrevivente.

CAPÍTULO I

CAMPARI E CHANEL

Minha pátria é minha infância, por isso eu vivo no exílio.
(PAULO LEMINSKI)

HOJE, QUANDO SAÍ DE CASA, minha mãe estava chorando de novo. Chorando baixinho, para os meus tios não escutarem, na cama de cima do beliche. Ela não deixa eu dormir em cima porque eu posso cair, ela diz. Mas é lógico que eu não vou levar um tombo besta desses. Faço coisas muito mais perigosas e não me machuco. Só que ela não sabe ou, quando alguém se queixa — meu tio, principalmente —, ela faz que não acredita.

Ele nem meu tio é. Apenas casou com a irmã de minha mãe e foi funcionário de meu pai durante anos. Parece esquecer este detalhe. Tudo nesse apartamento foi comprado com o dinheiro que ele ganhou com o meu pai. Até as plásticas da mulher dele, aquele olhar arregalado, esticado demais que ela tem, foram feitas com o dinheiro do meu pai.

Agora eu e minha mãe dormimos num beliche, no quarto de empregada. Ele diz que mandou uma das empregadas embora porque não tem mais dinheiro para pagar o salário. Só ficou a diarista, uma espevitada que só falta gritar com minha mãe quando ela pede alguma coisa.

Coitada de minha mãe! Vendendo os vestidos Chanel para pagar advogado. Me pedindo desculpas pelas grosserias do cunhado dela, pela covardia dessa irmã que bebe escondido do marido; nem pra se embebedar ela tem coragem.

Minha tia é um verme. Falsa e falsificada dos pés à cabeça. Ela bebe, eu sei. Nos primeiros meses, nesta casa, eu não entendia por que minha tia estava sempre alegre quando o marido chegava, depois de passar o dia se lamuriando pelos cantos ou gritando com a empregada. Depois, percebi os copos de Campari antes do jantar e saquei tudo.

Fico impressionado com a minha burrice! Como é que eu nunca percebi como eles eram? Eu adorava minha tia. Sempre alegre, bem-humorada, carinhosa quando nos visitava. Ela dizia que, se tivesse uma filha, seu maior desejo era me ter como genro. Disse isso a vida inteira! "Meu moreninho das arábias." Me chamava assim em pequeno, por causa de uma fantasia de carnaval. E meu tio, então? Quando aparecia para um jantar de negócios lá em casa, sempre arranjava um tempinho para tirar moedas da orelha, uma mágica muito boba que eu adorava porque devia ser bobo também.

Hoje, eles parecem não suportar o nosso cheiro. Por isso minha mãe chora. Se eu tivesse poderes especiais, como os dos personagens que eu invento, carregava minha mãe daqui e transformava esses dois em monstros empalhados, de preferência paralíticos. Ia ser ótimo! Mesquinhos, falsos, feios por dentro e por fora e, ainda por cima, presos ao mesmo lugar, eternamente horrorosos e imóveis!

CAPÍTULO II

O VAMPIRO INVISÍVEL

Fujo para longe de ti, evitando-te como a um inimigo,
mas incessantemente te procuro em meu pensamento.
Trago tua imagem em minha memória e assim me traio
e contradigo, eu te odeio, eu te amo.
(CARTAS DE ABELARDO A HELOÍSA)

EU SÓ PENSO EM VOCÊ. Por mim, passaria o dia ao telefone, escutando a sua voz. Garoto bobo, sei que sou. Você é minha princesa de RPG. Fiquei em dúvida agora se princesa se escreve com z ou com s. Por isso eu não gosto de escrever a mão. Se eu estivesse usando o computador, era só dar um comando e saberia na hora com que letra se escreve princesa, você, minha princesa, linda, linda, linda, loura, com esse cabelo de parafina, mas não importa, é louro e é lindo. Quando eu vejo você jogando vôlei, seu cabelo balançando nos saques, tudo dentro de mim balança.

Não gosto de escrever a mão, no meu computador eu escreveria todos os dias para você, mesmo que não mandasse... "Garoto metido, só pra dizer que sabe usar computador", eu posso ouvir você me desaprovando, como faz sempre quando, por algum comentário, eu lembro que um dia fui um garoto rico. E quando você me desaprova, eu não sei se fico com pena por você ser uma menina que não conhece um bocado de coisa que eu conheço ou se fico com raiva de não me dar a menor chance de falar do que eu gosto, de mostrar o que eu vi. Meu computador hoje me parece uma miragem. Será que eu já tive mesmo, um dia, computador, impressora, programas? Material de informática foi a primeira coisa que minha mãe vendeu.

Você não me dá chance de chegar perto, e eu procuro pretextos bobos para telefonar para sua casa — minha tia, aquela megera, já andou reclamando dos "pulsos além franquia" —; até caderno de matemática eu já pedi emprestado, como se eu, um cara que já estudou no melhor colégio da cidade, teve os melhores professores particulares, precisasse do caderno de uma aluna medíocre, de uma escola fraquíssima como a nossa, mesmo sendo essa aluna loura, linda e gostosa como você. Este é o maior problema. Não tem mulher na *Playboy* que seja mais gostosa que você de short, camiseta e joelheira, jogando vôlei nesse clube de bairro, suada, gritando com o outro time, mas com esse cabelo, com os peitinhos marcando a camiseta suada, você é a garota mais bonita de todas as garotas bonitas com quem eu já sonhei.

Mas é bom que você me maltrate. Mesmo que às vezes doa tanto que eu tenha vontade de bater em você, gritar ou chorar alto como só o podem fazer os bebês e as mulheres. Mesmo que você escolha os piores momentos. Do jeito que você fez naquela reunião do nosso grupo de RPG, quando eu cheguei de casa me sentindo horrível porque acabara de convencer minha mãe a não tentar o suicídio. Horrível, na verdade, é o filho convencer a mãe a não fazer bobagem. Mais horrível ainda é eu hesitar em escrever "acabara" e não "tinha acabado" porque eu tenho vergonha de usar o pretérito mais-que-perfeito numa coisa que eu escrevo para você, mesmo sabendo que nunca vou lhe mostrar, porque não está certo eu mandar para uma garota uma escrita que fala dos seus cabelos parafinados, dos peitinhos que eu olho disfarçando, quando essa garota é a namorada do meu mais novo e maior e melhor amigo.

Sem ele, o seu namorado (eu odeio que seja, mas é), eu não teria sido aceito na escola nova, não teria chances de jogar basquete no clube, seria deixado de lado, como um "mauricinho", um ex-riquinho bobo, meio agressivo, meio metido, olhado com desconfiança pelos colegas e pelos professores. Ele foi legal comigo, quase um irmão, e, já que eu não tenho um, não posso trair esse e paquerar a namorada dele, mesmo você sendo minha princesa.

Nas festas, observo ele, todo cuidadoso com você, e me dá um desânimo, uma vontade de beber dez copos de cerveja ou cinco de caipirinha e acabo bebendo mesmo alguma coisa porque, com a minha altura, quem controla a bebida sempre pensa que eu sou mais velho. Às vezes, quem serve a bebida é o pai do Carlos Alberto, aquela bichinha do terceiro ano. Ele me entrega a bebida com um sorrisinho malicioso, como se dissesse: "Também, com o pai na cadeia por peculato e formação de quadrilha, o rapaz tem tudo para ser um bêbado mesmo."

É claro que você, se pudesse ler o que eu escrevo, diria: "Que mania de achar que todos estão contra você!" Você ia falar isso com seu ar meio petulante, sacudindo o cabelo louro que só é comprido o suficiente para cobrir a nuca e eu teria uma vontade louca de inventar uma história onde você fosse a princesa e eu, um vampiro invisível que pudesse agarrar você num corredor do castelo e sugar seu sangue pela nuca, só pela nuca, bem no meio desse cabelo louro, pela nuca porque seria uma oportunidade de eu sentir seu corpo todo e acariciar seus peitinhos, e você ia pedir socorro, com a voz tremendo, as pernas bambas, sem poder sair do lugar, porque eu estaria segurando você bem firme e, acho, você estaria com medo, mas gostando.

Eu já tive minha nuca mordida assim pela copeira da minha casa; aliás, a ex-copeira da minha ex-casa deitou uma vez sobre as minhas costas, num dia em que briguei com minha mãe e me joguei na cama de sunga molhada e tudo, e ela, a copeira, veio e ficou com a boca em minha nuca, menos do que uma mordida e mais do que um beijo, e eu já estava para morrer de aflição, uma aflição gostosa como se fosse um maremoto em câmera lenta dentro de mim. Infelizmente minha mãe chegou e botou a moça para fora do quarto e do emprego, o que foi bom para a copeira porque, meses depois, meu pai teve os bens sequestrados e nós não podíamos fazer o supermercado, quanto mais pagar a copeira, e eu fiquei sem saber o que ela faria em seguida, apesar de poder imaginar, mas nunca é a mesma coisa.

Mas eu, vampiro invisível, ia beber meio litro, pelo menos, do seu sangue, antes que as pessoas acudissem aos seus gritos (trêmulos, meio que desmaiando). Ninguém entenderia o que estava acontecendo, só poderiam enxergar você se mexendo para se livrar de mim, eu estaria segurando bem forte para não deixá-la escapar. Acabaria por sua prima, invejosa e má, sugerir que você fosse encarcerada na torre do castelo, pois aquilo só podia ser influência de maus espíritos ou loucura e todos se benzeriam e os guardas levariam nós dois (eu, sempre invisível) para a masmorra, quer dizer, a torre, e eu teria um banquete sanguíneo à minha disposição, não iria me contentar só com a nuca. Não quero pensar no que ia acontecer depois. RPG se joga em grupo e os outros personagens iam acabar se metendo na história, e eu provavelmente seria destruído por alguma estaca poderosa, mas, antes de morrer, que delícia de vida eu teria, nessa torre, nesses dias!

Mas o seu namorado, que não é invisível, me desarma. Eu não tenho coragem de dar em cima da garota de um cara amigo como ele. É por isso que bebo nas festas. É por isso que brigo com você. Aceito que me deteste. Eu não brigo ou bebo porque meu pai está na cadeia por corromper funcionários, desviar dinheiro alheio para construir uma marina (aposto que você nem sabe o que é marina) em nossa casa em Angra dos Reis. No início, quando tive de sair da escola, perdi o ano, a casa, o motorista, a copeira (essa eu perdi antes, por causa de minha mãe e sua mania de entrar no quarto dos outros sem bater), eu não bebia, só brigava. Com meu pai, minha mãe, meus insuportáveis tios.

Depois, quando vim para nossa escola e ele ajudou a me enturmar, me levou para o clube, me apresentou ao treinador do time de basquete, passei a brigar menos, diminuí a raiva que sentia das pessoas. Não. Eu estou mentindo. Passei a sentir outras coisas além de raiva. Alívio, alegria, vontade de jogar, de estudar... infelizmente vontade de amar você.

Eu, tem hora, me sinto um canalha, como meu pai. Dá vontade de gritar do alto do Corcovado: Meu pai é um canalha! O que a gente descobriu de sujeira dele! O apartamento comprado para uma secretária, o carro importado para outra. Nunca pensei que meu pai gostasse de tantas mulheres ao mesmo tempo e gastasse um dinheirão desses com elas. E com drogas. Isso é de matar de raiva. O único tapa que meu pai me deu na vida foi quando me viu fumando um baseado no meu quarto. E ele gastou uma fortuna se drogando nos meses que antecederam sua prisão e ainda deixou a polícia descobrir isso.

Tem gente que pede para ser enganada. Minha mãe é assim. Como é que ela não percebeu que aquele canalha simpático que é meu pai estava aprontando mil coisas? Acho que a razão é o charme do meu pai. Alegre, carinhoso, irresistível. Engana todo mundo.

Quando vou visitá-lo na cadeia, volto com raiva do mundo. Dos guardas, dos juízes, dos sócios, da imprensa. Saio com vontade de quebrar tudo, vomitar nas pessoas, assaltar um banco e contratar uns bandidos para tirar meu pai de lá.

Outras vezes me sinto fraco, doente, com sono, dá vontade de esquecer que seu namorado é meu amigo e esperar você na esquina da sua rua, melhor ainda, entrar no seu quarto escondido e chorar nesse ombro louro — amo a cor de pele que você tem, essa coisa de nunca ficar morena como a minha quando toma sol, só dourada —, chorar a tristeza e a vergonha por meu pai estar sofrendo assim. Mas depois a raiva passa, depois que eu atormento bem minha mãe, brigo no recreio, nado umas quarenta piscinas, eu me lembro que a especialidade de meu pai é enganar os outros e que ele está lá dentro e a gente aqui fora, vivendo de favor para poder pagar um advogado caro para ele, e então eu tenho vontade de virar surfista ferroviário, beber um copo de uísque com cocaína, entrar para uma gangue bem violenta, acabar logo com essa merda de vida que eu vou ter de aguentar pelo menos mais dez anos antes de ser independente e me livrar dessa família detestável, dessa sujeira, dessa vergonha.

Só que eu não posso fazer essas coisas. Apesar de não contar para ninguém, tenho medo de altura. Não suporto uísque. Cocaína me lembra quanto dinheiro meu pai desperdiçou com drogas e as manchetes dos jornais: "Empresário corrupto estocava cocaína." Não tenho também dinheiro nem para comprar uma prancha nova, quanto mais para comprar pó e, além de tudo, que gangue aceitaria um sujeito de 16 anos que já leu Shakespeare em inglês, conheceu Paris e volta e meia se esquece de esconder isso? Eu também não vejo graça nessas turmas de rua que se consideram melhores do que os outros só por causa da região em que nasceram ou da cor que as pessoas têm. Não ia dar certo.

Então vou à escola e fico sonhando. Olhando a sua nuca. Vou à reunião de RPG e só enxergo a penugem do seu braço, as unhas curtas, as pernas clareadas por água oxigenada. Chego no clube e fotografo você nua na minha imaginação. E você faz uma cara de enfado quando me vê, cochicha com o namorado, ele fica sem graça com sua antipatia gratuita, e eu me alegro de você não me querer do jeito que eu quero você. Assim não posso trair meu amigo, assim não vou ser um canalha como meu pai. Tudo bem. Mas o que eu queria mesmo era ser um vampiro invisível. Sempre.

CAPÍTULO III

Abobrinhas e pichadores

No meio da estrada da vida, me encontrei numa selva escura, porque o caminho reto já não existia.
(Dante Alighieri)

Ontem sonhei que estava num final de feira, as barracas sendo desarmadas, os caminhões atravancando o trânsito, as pessoas que não têm dinheiro catando as frutas amassadas no chão, o resto. E eu no meio da confusão, de pé, recitando pedaços de poesia, cantando músicas de roda, em inglês, imagine, o próprio maluco, uma coisa sem nexo, e as pessoas riam, falavam da necessidade de me internar, quem sabe chamar a polícia, mas eu não conseguia parar, mesmo sabendo que mais cedo ou mais tarde apareceria alguém para me carregar dali, afinal não tem cabimento um recital sem pé nem cabeça para legumes e frutas estragadas.

Estou me tornando uma pessoa falsa. Hoje, converso o mínimo possível e só digo o que as pessoas querem ouvir. É bobagem, descobri, tentar falar sobre coisas de que elas não querem tomar conhecimento. Podem até escutar, mas não registram, não processam, não acreditam. Eu faço, então, a vontade delas. Estou aprendendo a falar. Parece ridículo dizer que aprendo a falar com a minha idade. Mas é que antes, na minha outra vida, eu não sabia que o que a gente diz é importante, tem força, pode servir para destruir ou para a gente se defender. Quem me ensinou isto foi o meu tio, o marido da irmã da minha mãe.

Ele levou meses tratando minha mãe tão mal, só com palavras, todas as vezes em que eles se encontravam, nas refeições principalmente, que minha mãe ficou parecendo uma baratinha tonta com inseticida. Todas as vezes em que ela arriscava um comentário na mesa de jantar, ele jogava uma seta envenenada do tipo: "É bem de você, Laurinha, dizer uma bobagem dessas. Isso é que dá passar a vida no cabeleireiro e nas butiques." Minha mãe foi encolhendo, emagrecendo, eu via a hora dela ficar pequena a ponto de sumir na cadeira. Ele sabe que minha mãe odeia ser chamada de Laurinha. Eu sentia tanta raiva quando ele tratava minha mãe assim que a vontade que tinha era de pegar a faca elétrica e cortar em fatias aquela cara balofa e sair espalhando o sangue em cima desses móveis horrorosos dessa sala maldecorada de novo-rico deslumbrado. "Seu tio, meu filho, nunca teve dinheiro. É natural que ele se esparrame agora que tem." Era assim que o meu pai dizia na outra vida. Compreensivo, condescendente com este ser desprezível que emagrece, esmaga, passa o pé em cima da mulher dele, minha mãe.

Aprendi a falar para diminuir a vontade de matar meu tio. Não. Aprendi também porque, não conseguindo fatiar meu tio, eu comecei a ficar com medo. Medo do que poderia acontecer a partir da minha raiva, medo de me acostumar a ser espectador do espetáculo "Mulher torturada por não ter onde morar" e, um dia, me sentir na obrigação de aceitar coisas piores.

Coisas como a cantada que eu escutei um dia desses de um senhor bem-vestido, na porta do Municipal, quando eu estava dando uma olhada na programação e pensando na outra vida. "Com um corpinho desse você podia frequentar este teatro todos os dias." Foi isto que o meu pai me arranjou. Orquestra sinfônica, balé, ópera, cinema, teatro, surfe, viagens, só se eu frequentar saunas com viados ricos. O meu medo era de que um dia eu esquecesse a aids, esquecesse a vontade de ter você e aceitasse esta saída. Me acostumasse com a ideia.

Eu já sabia um pouco. Falar. Vestir a pele que as pessoas esperam. A Cristina, do terceiro ano, que fica comigo de vez em quando, tem tesão por gente perigosa e deve imaginar que sou um gângster como meu pai. Eu sou bem malvado perto dela, e como ela gosta!

Os pichadores lá da escola são outros. Eles me chamaram para sair uma noite. Não adiantava tentar explicar que não tenho dinheiro nem para levar minha prancha até a Prainha, quanto mais para comprar spray. Eles não acreditariam. Devem pensar que eu e minha mãe temos dinheiro escondido, conta na Suíça, e estamos fingindo que somos pobres para disfarçar. O jeito foi dar a entender que só me envolvo em aventuras solitárias e muito, muito perigosas. Os bobos acreditaram! Eles não sabem, é claro, que na outra vida, nos meus tempos de Country Club, convivi com alguns dos bons pichadores da cidade, garotos que aprontavam um bocado e que os pais deviam desconfiar do que eles faziam, mas acreditavam que um dia eles vão se acomodar, cuidar dos negócios da família... Acho que vão mesmo, e saber isso faz com que eu entenda menos ainda o meu pai. Por que ele precisava implodir com a vida da gente? Por que ele não fez como esses garotos vão fazer e deixou a gente em paz numa vida em que a gente era feliz?

Eu precisava entender. Para me defender da minha raiva, do meu medo e do meu tio. Eu descobri tudo. Lendo os jornais da época em que estourou o escândalo das negociatas do meu pai. Matando aula e sentando na Biblioteca Nacional para ler os jornais que eu não li antes. Minha mãe não deixou. Eu era mesmo um menino bobo que acreditava que os adultos falavam a sério.

As histórias! As falcatruas na Bolsa de Valores com papel *micado* vendido aos fundos de pensão. Esta foi a primeira arma que eu descobri contra o meu tio. A coisa era muito esquisita: os fundos de pensão tinham uns administradores que eram "obsequiados" pelo meu pai com festas, presentes, mulheres. Por causa disso eles compravam ações que não valiam o preço. Comecei a lembrar dos ciúmes de minha tia quando sabia de notícias do marido acompanhando mulheres bonitas... Um dia ela se queixou ao meu pai, e ele disse que meu tio estava tratando de "assuntos de trabalho". A isso eu assisti. Meu pai falou meio bruscamente e minha tia pareceu aceitar. É claro que ele não ia sair por aí arranjando mulheres para festinhas. O cunhado é que fazia o serviço, como *relações-públicas* da empresa, só pode ser. É por isso que ele, uma vez, elogiou o comportamento do meu pai na prisão. "Seu pai não entregou ninguém. Admirável!" Óbvio, não entregou ele. Foi assim que ele pôde arranjar outro emprego e escapar da comissão de investigação da Bolsa de Valores.

Fiquei feliz por descobrir armas contra o meu tio. Isto devia ter me bastado, mas a curiosidade foi mais forte. Fui além. Li sobre o caso do diretor de banco, amigo de infância de meu pai, estudaram a vida toda no mesmo colégio, os filhos eram meus amigos.

Meu pai passava cheques para comprar ações. Um valor enorme, fiquei besta com a quantia. O amigo mandava segurar os cheques dele na compensação, até meu pai cobrir. Um dia, meu pai já sendo investigado, um cheque não foi coberto, o cara foi envolvido no escândalo e exonerado "para o bem do serviço público". Ele se matou. Encontrei a filha dele, muito depois, andando no calçadão. Ela não falou comigo. Eu também não falaria, se estivesse na pele dela.

E o aposentado que entregou todo o dinheiro da indenização para o meu pai aplicar e o dinheiro evaporou? Este ia para a porta do nosso prédio, gritava, parecia meio maluco, eu me lembro. Me lembro também que nós, eu inclusive, ficamos com a maior raiva dele. Acreditávamos que ele *prejudicara* meu pai, ajudara a polícia a persegui-lo. Ele e uma dondoca mineira que recebeu uma grana fantástica do marido quando desfez o casamento. Aplicou na corretora de meu pai. Pelas notícias da imprensa, foi ela que convenceu o contador a contar em seu depoimento os detalhes da "lavagem" de dinheiro do tráfico. Isso ferrou meu pai definitivamente. Imagino o tipo de "convencimento" que ela deve ter usado. O contador do meu pai é um sujeito super sem graça, todo tímido. Ela jantou lá em casa umas duas vezes com o namorado, um corretor bem mais jovem, amicíssimo de meu pai. Mulheraço! Lembro que, na noite de um dos jantares, eu sonhei com ela depois. Que sonho! Se foi ela que convenceu o contador como os jornais disseram, ele não tinha a menor chance de resistir.

Empresário processado por crime financeiro envolvido com narcotráfico. Esta é a manchete depois do aparecimento da caderneta e do depoimento do contador. Essas notícias acessaram lembranças. Quando a polícia deu a busca no nosso apartamento e achou a caderneta e um pouco de cocaína, meu pai foi levado para a delegacia e ficou preso até o dia seguinte. Me lembro do advogado dele, o primeiro advogado, e minha mãe terem insistido para que ele saísse do país imediatamente. "O quê? Largar meus bens, minha casa? Ora, isso não vai dar em nada, vocês vão ver." Que bens? Nós devíamos ter perguntado. Os bens já estavam indisponíveis desde o primeiro escândalo, com a intervenção do Banco Central na corretora. Meu pai realmente se acha o máximo! Na opinião dele, em nosso país, só pobre vai para a cadeia. Ele falava com tanta segurança que eu e minha mãe acreditávamos. Que aquele pesadelo era uma conspiração de alguns invejosos contra ele. Só entendi o que aconteceu agora, quase três anos depois. Na verdade, não foi a caderneta que levou meu pai para a cadeia. Foi o escarcéu que a imprensa fez. Foi a opinião pública, que meu pai dizia não existir. "Opinião, que opinião? Você pensa que nós estamos nos Estados Unidos?" Era assim que ele falava com minha mãe. Ela queria ir para os Estados Unidos, coitada! Minha mãe pode não entender de mercado financeiro, mas já devia desconfiar que um dia a boa sorte do meu pai ia acabar. O juiz de um processo de *open market* sem lastro, a tal operação que arruinou o aposentado, acabou decretando a prisão preventiva do meu pai. Foi assim que aconteceu. Eu entendi agora.

Tudo isso eu aprendi para enfrentar meu tio. Passei um mês pesquisando, remoendo, sem contar para ninguém. Às vezes, tenho receio de acabar mudo. Sério. De tanto pensar, escrever, ler coisas terríveis, desejar minha princesa mais do que tudo e fugir desse desejo para não trair o meu maior e único amigo. Tem hora em que temo sufocar, morrer soterrado pelas coisas que eu sei, imagino, descubro. Soterrado pelo medo de reagir à raiva.

Aconteceu num almoço de sábado. Minha mãe fez algum comentário bobo, uma abobrinha social qualquer, dessas que a gente fala para manter um clima leve na mesa. Meu tio respondeu com uma grosseria furiosa, minha mãe começou a encolher na cadeira. O medo da minha mãe funciona como uma gosma, uma meleca gigante que vai envolvendo-a e envolvendo a mim. Muitas vezes eu senti isso. Aquela coisa molenga se enrolando, se enroscando no meu corpo, me deixando com vontade de dormir, de ficar surdo, cego, porque a outra opção era a raiva, e a raiva que eu sinto de gente maldosa e covarde como o meu tio é o tipo de raiva que só a faca elétrica acalmaria. Neste sábado, depois de ler e pensar, pensar e ler de novo, um mês inteiro, matando aula às vezes, chorando outras de tristeza pelas minhas descobertas, resolvi dar um safanão, dentro da minha cabeça, naquele polvo gosmento e medroso que me sufocava depois de ter encolhido minha mãe, resolvi também esmagar a minha raiva, inútil em sua fúria, aprisioná-la debaixo de uma laje bem pesada, no fundo dos meus pensamentos, e perguntei calmamente, claro e tranquilo:

— Uma coisa que sempre me deixou curioso: quem arranjava as mulheres? As garotas que saíam com o pessoal dos fundos de pensão?

Meu tio ficou me olhando espantado, a boca aberta e o garfo na mão, e era uma coisa nojenta de se ver porque a boca estava cheia de risoto meio mastigado; e o choque foi grande, acho, grande o bastante para ele esquecer que não se come de boca aberta, principalmente na frente de hóspedes indesejáveis como nós. Minha tia, na hora, começou uma conversa nervosa desconectada, patética! Ninguém respondeu a minha pergunta. Mas meu tio parou de perturbar minha mãe. Ele entendeu direitinho.

Na época em que eu era bom, na minha outra vida, eu ficaria horrorizado se assistisse a um jovem de 16 anos atacando de uma forma tão certeira um velho como o marido da minha tia. Porque ele é velho, por dentro e por fora, balofo, cinzento. Podia ter morrido, se sofresse do coração, tal foi o medo fedorento que ele pareceu sentir quando ouviu minha pergunta. Mas, na minha outra vida, os almoços de sábado eram alegres e não existia o estranho costume de "homem esmagar mulher como se a mulher fosse uma baratinha idiota". Aprendi a falar para esmagar meu tio e não realizar meu desejo de cometer um assassinato. Fiquei igual a ele.

CAPÍTULO IV

Anjo da guarda

Não se deve adiar um olhar, um sorriso, uma carícia.
(Nelson Rodrigues)

"Você é muito intenso." Assim minha amante diz. Arranjei uma amante. Como se fosse um cara casado, com mais de trinta anos, que tem um caso com amigas da mulher, funcionárias da firma, colegas de trabalho.

Minha amante é esotérica, veste roupas de Bali, frequenta terreiros de umbanda e tem um caso com um garoto de quase 17 anos. Eu. Depois das sete da noite. Até as seis ela veste saia e *blazer*. De linho. *Ton sur ton*. Sempre. E sapatos de salto fino. E usa óculos de grau. Respeitável e composta.

Está me ensinando a ser homem. E eu me preparando para você. O preparatório é demais! Por mais que tente me manter fiel a minha princesa, no fundo dos meus pensamentos, acabo esquecendo de manter na tela a tua pele loura, os seios pequenos, e afundo nas lições, nos ensaios, nos treinos... Que coisa boa é ter uma mulher!

Uma noite dessas ela me levou num terreiro de macumba. Fiquei fascinado com as cores, as músicas, o entusiasmo das pessoas, sentadas em bancos de madeira, batendo palmas e esperando a consulta, os conselhos, as adivinhações. Lá havia uma entidade especializada, pelo que entendi, em questões amorosas. Quase me atrevo a pedir que usasse sua influência mágica para conseguir você. Mas depois fiquei com medo da entidade realmente ter este poder e eu conseguir através da mágica o que não sei se tenho coragem de assumir.

Ela me apresenta como sobrinho, "é o filho de minha irmã, chegou de São Luís esses dias". Eu tenho de controlar o riso e ficar calado. Onde vou arranjar um sotaque maranhense para justificar tamanha mentira? Ela é pelo menos vinte anos mais velha do que eu, tem seios grandes, um corpo de quem não malha, mas é um corpo... Acolhedor? Excitante? Esperto. Ela fala, fala, fala, mas eu só escuto uma parte do que ela diz. O que me fascina é a capacidade que o corpo dela tem de me tirar de dentro dessa confusão em que estou metido. É o jeito de passar o pé descalço em minha perna, de esfregar o rosto no meu ombro, a maneira sonsa de se oferecer para preparar arroz integral para mim e ir para a cozinha com uma bata indiana bem comprida, mas sem nada por baixo.

"Você precisa pensar menos." É assim que ela diz. Minha amante secreta, a bem-comportada secretária do diretor da escola. Eu tento. Juro que tento. Mas pensar é meu vício. Tem gente que tem outros. Reconheço que é um vício perigoso.

Ainda bem que algumas coisas me protegem desse excesso. Ela me protege. Com seu corpo inteligente e sua conversa boba. Minha intensidade ela absorve num território só. Cama, cama, cama. Às vezes, paredes, ladrilhos, sinteco, mesa da sala de jantar, porque minha amante secreta é do tipo que não liga para colchão. Ela diz que meu anjo da guarda é forte. Deve ser mesmo, porque senão não me conduziria por este caminho bom.

Quando nós perdemos tudo, nosso dinheiro, nossos bens, nosso mundo, os amigos dos meus pais, os que restaram, me diziam: "Não se preocupe. Essas coisas passam. Daqui a um tempo a vida melhora de novo." Mas eles não acreditavam nisso, eu acho. As pessoas pensam que a vida acaba quando a vida que elas conhecem muda. Eu não imaginava que pudesse viver fora da minha vida. A outra. Achava que não ia suportar. O engraçado é que estou suportando; até gosto de descobrir e viver coisas que jamais viveria naquele outro mundo.

O que estraga um pouco a alegria das minhas descobertas é a minha mania de devanear. Devaneio.

É bonita esta palavra. Perigosa também. É como se meus pensamentos fossem mais fortes do que um baseado. Tem momentos em que tenho a sensação que estou me deixando hipnotizar pelas histórias que invento. É assim: imagino que meu pai é um corsário inglês, vivendo no reinado de Elizabeth de Tudor. Eu e minha mãe estamos num castelo, esperando-o voltar de suas incursões contra os navios estrangeiros, eu louco para acompanhá-lo, e ele e minha mãe planejando para mim um futuro de lorde. De repente, por alguma intriga política, meu pai é perseguido, lançado numa masmorra, e eu o salvo, correndo grandes riscos, e nós fugimos da Inglaterra e vamos para o Novo Mundo, ricos, livres, felizes. Outra hora, eu me imagino advogado famoso, livrando meu pai das grades, provando que ele foi vítima de uma investigação mal-intencionada. Faço isso também com situações da vida real, do dia a dia, remonto essas situações de maneira a vencer, vencer, vencer. Estou lendo e devaneio. Nadando, assistindo aula, andando na rua, idem. Isso é que é perigoso. Eu sonho acordado quase que o tempo todo em que estou sozinho, e é muito tempo. É como se eu estivesse mergulhando na piscina de saltos, afundando, afundando, gostando de afundar a tal ponto que voltar à superfície se tornasse um esforço que não valesse a pena.

Foi aí que apareceu a secretária do diretor, minha amante esotérica. Ela me puxou para a beira d'água, para o calor, ela foi e é meu fio terra. Se no dia em que fui mandado para a diretoria pela professora de português, acusado de apresentar à turma uma redação pornográfica, o diretor estivesse lá, talvez eu afundasse. Talvez ele me punisse e eu, ao "reconstruir" mais essa derrota, mergulhasse de vez. Era assim que eu me sentia quando a secretária mandou que eu sentasse e começou a ler a redação, porque o diretor não estava e ela é a encarregada de administrar a disciplina na sua ausência. Ela começou a rir, lá pela segunda página, uma risada gorda, imensa, de escorrer lágrima. Pensei que ela fosse maluca. Eu havia escrito uma história sombria, não uma história engraçada. No final ela enxugou as lágrimas com um lencinho bordado, desses de avó, eu nem sabia que as mulheres ainda usavam essas coisas, e disse com a maior candura:

— Tem um problema na sua redação, Pedro. Existem maneiras muito melhores de gozar com a boca. Essas duas mulheres deviam saber disso.

Na hora pensei que já estivesse louco. Este medo me persegue desde que a nossa outra vida acabou. O medo de ficar louco, totalmente pirado, conversando com as abóboras na feira. Eu não podia estar na frente da secretária do diretor da escola, preparado para ser repreendido, e ela vir para mim com uma barbaridade daquelas. Eu não ouvira direito ou então era uma alucinação auditiva, minha hora havia chegado, o próximo passo seria a internação.

Tudo isso eu pensei enquanto ela levantava, trancava a porta e fazia uma demonstração prática e silenciosa, na sala do diretor, do que a boca de uma mulher pode fazer no corpo de um homem. Na hora, eu me convenci de que ela era doida e eu são. Uma pessoa que arrisca seu emprego, sua reputação de secretária perfeita, abrindo a calça jeans da ovelha negra da escola para fazer uma demonstração das delícias do sexo oral, só pode ser completamente maluca. Ela devia ser internada! (Desde que eu ficasse na mesma enfermaria!) Eu conseguia pensar essas coisas e sentir medo, medo do flagra, do escândalo se alguém começasse a tentar abrir a porta, e sentia medo, mas também um prazer enorme de ver um pedaço do meu corpo criar vida e se separar de mim enquanto aquela mulher meio gorda e de saia justa fazia a melhor mágica que eu já vira alguém fazer.

Foi assim que a sentença que eu temia se afastou por algum tempo do meu caminho. Assim não afundei em meus devaneios. Pelo menos não afundei totalmente. Continuo sonhando, mas nunca sonho de sete às nove da noite, de segunda a sexta. Nesse horário aprendo a "ser homem" e a ser mais preciso em minhas redações. A professora de português ficaria espantada se descobrisse que, afinal, a pornografia me salvou. Pelo menos por enquanto.

CAPÍTULO V

Homens

A formiga só trabalha porque não sabe cantar.
(Raul Seixas)

Eu fiz aniversário. Dezessete anos, finalmente. Minha mãe me deu um tênis novo que ela comprou *Deus sabe como*. Essa expressão — Deus sabe como — é da secretária do diretor, quando ela não está em exercício esotérico ou amoroso. "Realmente, professora, só Deus sabe como esse garoto se mantém na escola, atrevido como é." E a professora repete na sala de aula os comentários severos da secretária a meu respeito, e fico sério, tento uma cara ofendida, é isso que ela espera que eu faça, mas por dentro morro de rir da minha amante esotérica e das máscaras que protegem seu sagrado bom humor.

Ela é alegre, para minha felicidade. Parece uma garotinha a quem se faz todas as vontades e portanto não tem motivos para deixar de sorrir. Quer dizer, ela é bem-humorada *em casa*. No colégio, parece uma esfinge, faz uma cara de severidade sempre que passa por mim, um jeito de desaprovação. É muita hipocrisia! Ou muita esperteza para conseguir fazer o que bem entende e não sofrer com isso, nem ter que brigar para seguir suas preferências malucas.

Eu sou uma dessas preferências. A única coisa na vida que eu não quero descobrir é o porquê dessa preferência. Engraçado, não sinto a menor curiosidade a respeito. Por que ela me escolheu para frequentar a sua casa, a sua cama, para me "criar"? Por que eu, e não outro? Aprendi a não querer saber. Nesse território, pelo menos, eu consigo pensar menos.

Ela fez uma festa de aniversário para mim. De sete às nove da noite. Ela era o bolo, o brigadeiro, os salgadinhos, os refrigerantes. É muito, muito maluca essa mulher!

Depois das nove — nem em dia de festa ela abre mão do horário que, por algum motivo misterioso, definiu como respeitável — ela me botou para fora do apartamento e descobri o prazer de andar atrás de histórias que não sejam minhas. A partir do dia do meu aniversário peguei a mania de andar pelo bairro; às vezes pego o metrô, vou ao centro, fico observando as pessoas. Meninas batalhando fregueses, uma ou outra mexe comigo, devo não ter perdido ainda minha cara de rico; eu brinco com elas, devem ser divertidas e compreensivas essas mulheres, para deitar com qualquer sujeito que pague, é preciso ter bom humor. Aliás, como estou ficando um sujeito experiente, já decidi, sexo sem humor deve ser muito chato. Uma noite, já madrugada, fiquei conversando um tempão com uma delas. Depois que a moça percebeu que eu não tinha dinheiro nem tesão e gostava de escutar histórias, falou um bocado. Pode ser que tenha dito uma montanha de mentiras, mas eram interessantes os casos. Do homem casado e rico que ela deixou porque descobriu que era casado. Dos engradados de cerveja que ele comprava para a casa. A geladeira cheia. Os fins de semana que ele passava fora a pretexto de viagens. O "barraco" que ela arrumou quando descobriu que ele tinha outra. Escutei na maior seriedade, detesto magoar as pessoas à toa, mas será que ela acredita no que contou? Se chama Carmelita, mas usa o nome de Daniele e é uma morena esperta. Fiquei pensando que ela, se eu me empenhasse, era capaz de me adotar, mas basta uma mulher mais velha me ensinando a ser homem.

É complicado ser homem. Tem uns nas ruas, nas madrugadas, disputando michê com as mulheres. Garotos até mais novos do que eu, uns vestidos de mulher, pernas depiladas, outros com uma cara de perigosos. Homens param de carro, devem ser casados, filhos em casa, e combinam os preços, o serviço e eu observo, sempre disfarçando, tenho medo de que "eles" pensem que sou concorrente, nas madrugadas em que passeio, olhando e ouvindo.

CAPÍTULO VI

A OVELHA E O LOBO

Era o terror das cercanias onde morava,
e na escola até o professor com ele aprendeu.
(RENATO RUSSO)

PREZADO SR. DIRETOR,

Para mim foi motivo de orgulho ser escolhida pelo senhor para integrar a comissão de sindicância a respeito dos tristes acontecimentos que ocorreram em nossa comunidade escolar. Acredito que minha grande experiência no trato com adolescentes, inclusive menores infratores, tenha sido um dos motivos pelos quais meu nome foi lembrado. Procurei desempenhar a contento tal tarefa, visando unicamente a descobrir a Verdade, servir à Justiça e engrandecer o nome deste estabelecimento de ensino. A mim não importa se para a execução desses objetivos me vi compelida a investigar minuciosamente os acontecimentos, revisar observações em antigas pautas, ouvir alunos fora do meu horário de trabalho. Um educador realmente dedicado não se guia por interesses pecuniários, horas extras, promoções. Preocupa-se, somente, em servir à causa maior da Educação.

O aluno Pedro Luís de Souza Rangel, desde que entrou para este colégio, se revelou um desajustado. Agressivo. Olhar arrogante e, não raro, sarcástico. Parece se considerar melhor do que os outros, o que é surpreendente se levarmos em conta que seu pai é um criminoso conhecido, dono de tenebroso passado de envolvimento com traficantes e políticos corruptos. Não nego que Pedro Luís seja dono de uma certa inteligência e possua, até, algum conhecimento escolar. Suas notas são altas, mas é preciso destacar que se trata de um aluno repetente, possivelmente expulso da escola anterior. Aliás, é minha recomendação que ele seja imediatamente desligado desta. Não podemos permitir que o aluno em questão continue privando do nosso convívio depois de ter espancado impiedosamente um estudante que está conosco desde o pré-escolar, sempre foi um aluno exemplar, querido por todos.

Muitas vezes, antes de descobrir esta faceta cruel de sua personalidade, tentei interagir com o aluno em sala de aula, criar oportunidades para que ele se abrisse, para que partilhasse comigo e com seus colegas o sofrimento que imaginava ele sentisse vivendo uma situação familiar tão vexatória. Ele demonstrou não ter sentimentos. Certa ocasião, logo que começaram as aulas, pedi que a turma escrevesse uma composição: "O pior dia de minha vida." Eu já sabia, por comentários na sala de professores, toda a terrível história vivida por Pedro e resolvi, com os meus conhecimentos da moderna psicologia, oferecer a ele uma oportunidade concreta de trabalhar coletivamente seus conflitos. Para meu espanto o aluno leu em voz alta sua composição, seis páginas, senhor diretor, seis páginas de uma história terrível sobre uma moça que se torna lésbica em Paris e, mais tarde, já casada, relata sua experiência homossexual numa reunião de Cursilho da Cristandade e é linchada moralmente por seus companheiros de religião! Como pode um adolescente normal, de 16 anos, inventar uma história tão escabrosa? E ele descreveu pormenorizadamente e leu em voz alta, para júbilo de alguns gaiatos da turma, toda uma cena erótica entre duas mulheres, duas jovens "fazendo amor" (assim ele escreveu) no chão de uma cozinha, em Paris! Quando eu consegui restabelecer a ordem na turma e questioná-lo com severidade sobre sua pornografia, ele teve o cinismo de abrir *O cortiço*, de Aluísio Azevedo, e ler para mim, sua professora, e para os colegas toda a sedução de Pombinha pela prostituta Leoni! Segundo ele, o que Aluísio Azevedo podia criar ele também pode. "Sexo é bom." Palavras textuais, senhor diretor. Nessa época, ele já era um pervertido. Lamento dizer que nós, o corpo docente desta escola, erramos em não perceber isto.

A minha opinião, pensada e isenta, é pelo desligamento imediato de Pedro Luís de Souza Rangel da escola. Boas notas, algum conhecimento de literatura não justificam falta de caráter. É um perigo para os outros jovens conviverem com alguém sem princípios e oriundo de um ambiente familiar deformado.

Colocando-me à disposição para algum outro esclarecimento que se fizer necessário.

Atenciosamente,

Júnia Cavalcante da Silva

PROFESSORA DE LITERATURA E LÍNGUA PORTUGUESA

PREZADO SENHOR DIRETOR,

O senhor me pediu um perfil do aluno Pedro Luís de Souza Rangel. Não sei se as informações que posso prestar são as mais adequadas. Eu sou apenas um professor de química e não me ligo muito em características psicológicas dos adolescentes com quem lido no dia a dia.

Pedro é muito bom aluno em todas as matérias, com exceção, talvez, de redação e literatura, nas quais suas notas são regulares. Revendo seus boletins para esta tarefa, a de traçar um perfil do aluno, o que quer que isto signifique, até me espanto dele ser apenas regular em redação. Seus relatórios nas aulas práticas de química, biologia e física são brilhantes. Precisos, inteligentes e, coisa estranha, são muito engraçados. Eu nunca tinha visto, em 22 anos de magistério, relatórios engraçados.

Ele é um aluno excepcional em física e matemática. Em inglês sua média é dez! Segundo o professor da matéria, Pedro tem uma impecável pronúncia do inglês britânico. "Parece que nasceu lá", disse-me o professor.

É bom esportista também, eu soube. Nada bem, joga basquete. Meio agressivo, mas não bate à toa, se é que o senhor me entende.

Ninguém tem intimidade com ele. Professor ou aluno, ele mantém todos a distância. Fechadão, pouca conversa; em sala de aula, nenhuma. É claro que não se pode jurar pelas preferências dos outros, mas nunca observei comportamentos "esquisitos" neste aluno. Nas festas do colégio, algumas das quais fui escalado para "supervisionar", ele dança bastante, com meninas. E dança muito bem, como poucos da idade dele. Os rapazes de agora pulam muito, mas dançam pouco, na minha opinião. Pode ser que eu esteja sendo meio antiquado, mas gosto não se discute, e eu aprecio quando um jovem sabe conduzir uma moça no salão.

Eu diria que as moças gostam dele. Meio disfarçando, é claro, ele tem uma fama ruim na escola. Por causa do pai, eu acho. Por causa do jeito de durão que ele cultiva. Para mim, ele faz de propósito, o que me parece bom. Numa situação como a que ele vive, se o sujeito baixar o pescoço vira o judas da escola. Ele gosta de beber. Reparei isso uma vez. Eu já disse que não deviam vender bebida nas festas no colégio, mas parece que a Comissão de Pais acha que pode controlar a situação. Eu não acho.

Não sei que sugestão dar em relação ao futuro desse aluno. Afinal de contas, ele é um menino. Independentemente da altura e dos hormônios, ele só tem 17 anos e é muito inteligente. Expulsá-lo da escola? Se ele espancou um colega, como dizem, os pais deveriam tê-lo denunciado à polícia. Eu faria isso se alguém espancasse o meu filho! Perguntei a ele o que aconteceu. Pedro Luís de Souza Rangel se recusa a dar sua versão. O outro falou meia hora sem parar, chorou algumas vezes, gritou, a professora Júnia mandou buscar água com açúcar, fez tomar, uma cena muito triste. Feia mesmo. Acho tudo isso muito esquisito porque Pedro Luís ouviu tudo calado, olhando para o colega que dizem que ele espancou. Olhou o tempo todo, não baixou a cabeça, não contestou. Se eu fosse psicólogo ou ficcionista, diria que o olhar era um olhar assassino. Mas eu sou apenas o coordenador do ensino médio e um professor de química, perto de me aposentar, e lhe digo: era um olhar de homem, homem adulto, mais do que adulto, um homem bem velho, escondendo alguma coisa ou protegendo alguém. Posso estar enganado, sei que não é possível estar seguro sobre as preferências íntimas de ninguém, mas a mim parece altamente improvável que Pedro Luís tenha tentado atacar sexualmente o aluno da terceira série. Ele está protegendo alguém. É a hipótese, a meu ver, mais provável. Tem mais alguém nesta história. E este alguém, para mim, é aluna. Alguma menina que ele não quer envolver. Por quê? Eu não sei. Nós temos um acusador, bastante machucado, e um réu que não se defende. O que fazer, eu não tenho a menor ideia.

Heleno Moreira
COORDENADOR DO ENSINO MÉDIO

PREZADO SENHOR DIRETOR,

O motivo desta carta é a ameaça de expulsão do meu colega Pedro Luís de Souza Rangel. Quero lhe pedir que não faça isso. Não acredito nesta história que andam contando de que ele quebrou duas costelas do Carlos Alberto e o socou até deixá-lo estirado no chão. Por que ele faria isso? Pedro joga basquete comigo e eu nunca o vi usar de violência com alguém, sem necessidade. Mesmo quando disputa uma jogada com mais força, ele não machuca o outro jogador.

Estudo com o Carlos Alberto desde pequeno, apesar dele ser um ano mais velho do que eu e estar mais adiantado. Ele sempre foi meio exagerado. Do tipo de criar casos e inventar histórias. Sempre. Pedro eu conheci este ano, mas ele é muito legal. Ajuda os colegas nas matérias mais difíceis. Comigo ele já virou noite estudando inglês, matemática, literatura. Nós jogamos RPG juntos e ele é um bom companheiro de jogo. Um amigo mesmo. Esta história de assalto sexual é inacreditável! Ele não gosta de homem, neste sentido. Eu teria percebido alguma coisa. A gente percebe, na sala, num time, quando o sujeito não é chegado às meninas.

Eu não sei o que aconteceu. Pedro não conta. Mas ele não merece ser expulso. Ele não faria uma coisa tão errada assim. Ele realmente é uma pessoa legal, e acho que vai prejudicá-lo muito uma expulsão agora. Não seria justo. Desculpe meu atrevimento, mas eu me sinto na obrigação de ser franco com o senhor.

Obrigado pela atenção,

Alexandre C. dos Santos

REPRESENTANTE DE TURMA – 2º ANO DO ENSINO MÉDIO

Meu amorzinho,

Estou lhe enviando este bilhete pelo dr. André porque não consigo visitar você desde domingo passado. Minha vida esses últimos dias tem sido um inferno. Nunca pensei que nosso filho pudesse me dar tanto desgosto. Há três dias choro tentando descobrir onde foi que eu errei. Tenho me esforçado tanto para ser pai e mãe para ele, enquanto você não sai desse lugar horroroso, e ele parece que não dá o menor valor!

Estou parecendo uma velha, os olhos inchados, pálida de tanta humilhação que tenho sido obrigada a suportar ultimamente. Eu queria lhe poupar o sofrimento e a vergonha dos últimos acontecimentos, meu amor. Sei que já é muito duro o que você tem enfrentado, mas me sinto sem forças, completamente deprimida. Eu saí daí tão feliz, no domingo. É sempre bom demais estar com você; eu me sinto jovem, cheia de energia, amada por meu maridinho adorado que até nas piores circunstâncias consegue ser o mesmo amante maravilhoso de vinte anos atrás.

E agora isto! Pedro Luís agrediu violentamente um colega de escola! Machucou pra valer o rapazinho, um jovem frágil que com certeza não teria a menor chance numa briga com ele. O pior de tudo é que a vítima diz que a causa da briga foi ele ter resistido a propostas indecorosas do nosso filho! Foi assim mesmo que ele falou: propostas indecorosas. Como se Pedro Luís tivesse tentado violentá-lo, e como ele resistiu nosso filho o surrou impiedosamente. Ele, já há algum tempo, parece estar cheio de ódio! Quase não conversa comigo, zomba de minha irmã, é bruto com o marido dela, um horror! Eu e você sabemos que meu cunhado não é das pessoas mais agradáveis de se conviver, mas Pedro Luís poderia ser um pouco mais compreensivo! Afinal, se não fosse a ajuda que eles estão nos dando, a nossa situação seria muito pior.

Eu te poupei o máximo que pude dos problemas do nosso filho, mas agora cheguei ao meu limite. Eu não entendo este menino e os seus silêncios, sua distância. Ele não conversa. Chega de madrugada em casa, pergunto por onde andou e ele responde: "Por aí." Como se fosse normal andar por aí, altas madrugadas. Eu sempre tive medo do meu filho dar para homossexual e parece que ele realmente tem alguma tendência. Isto me assusta demais. Eu queria muito que o tempo passasse depressa e você fosse absolvido logo, como eu tenho certeza que será, para poder orientar este menino!

Foi terrível a reunião na escola dele. Antes eu já tinha me assustado bastante, quando ele chegou em casa com três dedos quebrados e o rosto todo machucado. O colega dele até que se defendeu bastante, apesar de ter ficado bem mais ferido do que Pedro Luís.

Meu cunhado, de quem Pedro reclama tanto, o levou numa clínica particular para medicá-lo. Nem consegui dormir direito, com Pedro gemendo de dor a noite toda.

Duro mesmo foi suportar a reunião. Tudo indica que nosso filho é terrível na escola. Lembra a sua brincadeira, quando ele era mais jovem, de ficar procurando os trechos mais apimentados nos livros de autores famosos? Você fez muito mal, meu querido, em brincar assim perto de uma criança como era nosso filho naquela época. A professora de literatura o acusou de ter copiado um pedaço de um livro do Aluísio Azevedo para fazer uma redação pornográfica. Ela é da comissão encarregada de resolver que punição será aplicada ao nosso filho. O que eu vou fazer se eles expulsarem Pedro Luís da escola? O ano está quase acabando. Nenhum colégio vai aceitá-lo agora.

Além da vergonha de ter que escutá-la falar mal dele, de assistir ao depoimento sentidíssimo do jovem que ele espancou, ainda tive que aturar a antipatia da secretária do diretor, que me tratou com o maior desprezo, insinuando mesmo que sou uma mãe relapsa, só porque não tenho tempo de ir à escola para saber como meu filho está se saindo. Afinal, Pedro Luís não é uma criança! Ele já tem 17 anos, o que ela esperava? Que eu o levasse ao colégio? Uma solteirona, de óculos e roupa escura, uma cara de mal-amada, censurando a mim, que dou a vida pela nossa família. Você faz tanta falta, meu amor!

O diretor não disse nada. Só ouviu. O coordenador falou pouco, quem conversou mais foi a professora Júnia, a de português, que me pareceu entender bastante de jovens problemáticos. O coordenador deve estar contra Pedro Luís também; enquanto o colega dele chorava, ele fez uma cara de comiseração, meio de nojo, como se estivesse achando repulsivo o resultado dos atos do nosso filho.

Sábado eu vou te visitar e aí conversamos melhor sobre isto tudo. Só o fato de escrever para você me deu outro alento, meu querido.

Te amo,

Maria Laura

CAPÍTULO VII

Assaltos

...I never realized what a kiss could be.
(John Lennon e Paul McCartney)

Às vezes, tenho medo de morrer antes de conseguir ver e sentir tudo o que eu quero. (Quanta pretensão! Será que é um garoto que pensa isto? Ninguém acreditaria. Mas eu não sou o que sou por fora. Eu sou velho, eu fiquei velho. Por causa de tudo o que aconteceu, pelo que está acontecendo. Acho que por olhar em excesso, ouvir demais e falar de menos.)

Tenho descoberto cada coisa nas minhas andanças por bibliotecas e arquivos! Primeiro foi a prisão do meu pai, as falcatruas, as histórias impossíveis de se acreditar. Li muitas vezes cada notícia.

Existem coisas que até eu sei que meu pai não pode ter feito. É como se ele fosse um monstro culpado por todos os crimes financeiros do país! A maioria das notícias, porém, é exagerada, apesar de parecer verdadeira. Especulou com o dinheiro de clientes? Aplicou recursos de "procedência duvidosa"? Pagou propina a funcionários graduados? Declarou possuir condições de honrar compromissos sem que isso fosse verdade? Foi causador, por omissão ou desonestidade deliberada, do suicídio de um amigo de infância? Colocou bens em nome de ex-secretárias com quem usufruía de intimidade carnal? (Bens jamais devolvidos, restando à esposa do réu a única saída de colocar todas as suas joias num antes inconcebível prego e vender seus modelitos estrangeiros para amigas "compadecidas".) É verdade, senhor juiz. Vendia cocaína para os amigos a preço de ouro? Em sua casa a licenciosidade corria solta? Recebia para jantares, em sua residência, emissários do narcotráfico internacional? Foi o maior, o primeiro e o único corruptor de autoridades constituídas da história do Brasil? Definitivamente, meritíssimo, não!

Eu devo estar ficando maluco. Não existe juiz para o qual eu possa falar essas coisas, e, se existir, o dinheiro que minha mãe arrecadou vendendo e empenhando as coisas dela (e o meu computador) já serviu para alugar um defensor competente para o meu pai, e ele vai "enrolar" muito melhor qualquer juiz ou promotor do que eu jamais conseguiria com esta tentativa ridícula de tentar descobrir o que aconteceu de verdade. Mas eu preciso saber. Não só o que houve. Quero saber como as coisas chegaram a esse ponto. Para o meu pai não importa. Ele jogou, ganhou, ganhou, um dia perdeu, vai sair dessa e começar a jogar de novo. Minha mãe vai para as "visitas conjugais" (transar com ele na cadeia) e volta toda alegre e feliz. O velho deve ser muito bom de cama para ela perdoá-lo desse jeito por tudo o que ele fez e pelo que a gente está passando. Como é que minha mãe suporta transar com um marido infiel, meio às escondidas, numa cela de prisão "especial"?

Do mesmo jeito que suportei até agora ser a "ovelha negra" do colégio durante a manhã, treinar basquete de tarde e entrar disfarçando no prédio da secretária do diretor para brincar de amante dela. Sempre das sete às nove, porque os vizinhos podiam reparar. Minha mãe preocupada com os guardas, eu com os moradores de um dos trinta apartamentos por andar, e meu pai não ligando para nada. Chega a ser engraçado.

Eu arquivo imagens e histórias para saber. Saber como as coisas acontecem, aconteceram ou acontecerão. Depois desse vendaval (a palavra não serve, é muito... gentil), depois desse maremoto (acho que já usei em algum momento esta, minha mais maravilhosa ex-professora de português sempre me dizia para não ficar repetindo palavras: "parece falta de vocabulário, meu bem") que desmontou minha ex-vida, descobri um milhão de coisas que aconteceram sem eu perceber.

Família, por exemplo. Sempre aceitei que era filho único, meu pai idem e minha mãe só tinha uma irmã, casada com um cara supersimpático. Muitos amigos e uma família pequena, certo? Errado. Meu pai é filho único do segundo casamento do meu avô que casou com uma mulher pobre, teve um bocado de filhos e depois largou todos e casou com uma mulher rica. Por isso meu pai teve sempre uma vida boa. Meu pai tem seis irmãos, eu tenho dúzias de primos. Legal, eu pensei quando descobri. O que será que eu esperava? Tenho até vergonha de escrever isto. Achei que ia encontrar... novos amigos? Parentes melhores do que meus insuportáveis tios? Encontrei nada. Fui atrás de um endereço no subúrbio. Foi... triste. Eles detestam meu pai! Têm raiva dele nunca ter lembrado dos irmãos quando era rico. Vergonha dos processos, da cadeia. Parece que os vizinhos comentaram durante semanas as notícias dos jornais.

Meu avô não ajudou a mulher a criar os filhos, eles tiveram uma vida difícil. Fiquei sem saber o que dizer. Cada um guarda uma recordação pior da época de criança, do pai que tiveram, do irmão endinheirado.

O único que foi simpático comigo foi o mais jovem (ou o menos velho) meio-irmão de meu pai. "Tio Ronald, pode me chamar de Tio Ronald", ele dizia com uma voz de quem já tinha bebido um bocado, apesar de ser manhã ainda. Foi me levar no ponto de ônibus "porque não é bom você andar sozinho por essas bandas com essa cara de rico que você tem". É a segunda pessoa que me vê com cara de rico, ainda. Só cara, tive vontade de dizer, mas deixei para lá.

"Quando eu tinha mais ou menos a sua idade, fui umas vezes tentar achacar meu pai no colégio onde o seu estudava. Minha mãe mandava, coitada, o dinheiro era pouco, precisava mesmo, mas eu odiava aquilo. Era o único lugar que dava para tentar encontrar ele sozinho, sem a preciosa esposa. Eu ia. Às vezes, ele aparecia, outras mandava o chofer pegar seu pai. Eu ficava esperando, via seu pai entrar no carro, no banco de trás. Seu pai era um garoto bonito, você é parecido com ele..."

Perto do ponto de ônibus tinha um bar, cheguei a pensar em pagar uma bebida para o meu tio, da pena que me deu aquela história. Será que ele esperava que eu fizesse isso? Eu não sei por que não ofereci, fiquei só escutando e imaginando um irmão da minha idade, olhando um irmão mais novo entrar num carro com chofer e voltar para casa sem dinheiro porque não achou o pai para "achacar", como ele disse.

— Se o velho aparecia, ele sempre me dava dinheiro, rápido, para ninguém ver. Ele não queria que seu pai tivesse contato com a gente.

— Por que ele fez isso? — não pude deixar de perguntar. É minha mania, saber o que move as pessoas.

— Sei lá. Nem quero saber. Anda, garoto, vai cuidar da tua vida que você faz melhor. Teu ônibus é esse aí...

Foi nesse dia que eu liguei para você. Cansei de ficar sozinho com meu vício, arrependido de buscar ajuda, arrependido de pensar, procurar, pesquisar, escutar... Eu queria fazer alguma coisa. Será que você entenderia, minha princesa de RPG? Nunca. Intenso demais. Fundo em excesso pra quem leva a vida jogando vôlei, cochichando com as amigas, namorando o cara mais legal do colégio.

Mas eu precisava de uma mulher. Não. Eu precisava de alguém da minha idade e que fosse mulher. Um homem, um amigo, ficaria com pena de mim, e isto eu já tenho.

Não servia também uma mulher de quarenta anos, a fim de me ensinar as manhas de cama, escondido dos amigos e vizinhos, meio que com vergonha, como se eu fosse... um ator de vídeo pornô?

Assaltei você. Pelo telefone e ao vivo. Acho hoje que você sempre soube do meu desejo. Estava esperando apenas eu não aguentar mais, eu parar de resistir. Não. Você não foi maliciosa, implicante, criançona. Nem arrogante você foi. Talvez se eu começasse a explicar demais, a inventar desculpas ao telefone, você caísse fora e aí nada aconteceria. Mas eu só disse que precisava ver você. Na escola, às sete horas. E você foi. Como se a coisa mais comum, mais simples do mundo, fosse você encontrar o melhor amigo do seu namorado, um cara a quem nunca deu a menor chance de se entrosar, de noite, na escola vazia.

Minha princesa. Quanto mais conheço, mais me espantam as mulheres! Sem perguntas, sem comentários, como você foi maluca a ponto de me deixar pegar sua mão e correr até o buraco do muro para entrar no colégio sem o vigia nos ver? Os outros devem ter usado o mesmo caminho ou dado a ele dinheiro para deixá-los entrar. Não, eles não precisavam dar dinheiro. Devem ter ficado na escola, com a cara que ele tem de aluno exemplar, ou inventado uma desculpa qualquer.

Mas eu não sabia que tinha gente na escola. Se soubesse não teria levado você para a biblioteca e não teria agarrado você, como eu agarrei. Mentira. Teria levado e agarrado do mesmo jeito, porque se eu não fizesse isso morreria. Juro. Acho que pela primeira vez na vida tive vontade de morrer. Viver pra quê? As coisas são complicadas demais. Ou eram até eu te beijar. A minha vida era a coisa mais escura e horrorosa até eu tirar tua blusa. Você não usa sutiã, acho que é pra ficar mais gostosa ainda, com esses seios pequenos, diferentes dos seios da minha "amante", secretária do diretor; aliás, acho que foi ela com aquela cara de santa, durante o horário comercial, que salvou minha pele, quando queriam me expulsar da escola, apesar de não ter me perdoado eu não contar pra ninguém (nem para ela) o que eu estava fazendo no colégio na noite em que quase morri de verdade.

Como podia contar que estava na biblioteca, vazia, no escuro, assaltando minha princesa de RPG, vampiro visível e mudo, ensinando a você tudo o que ela me ensinou e com muito mais imaginação e prazer porque há um ano eu vivia sonhando com o dia em que a tua pele loura seria o meu caminho? Como poderia me defender das acusações daquela bichinha louca sem contar que você me acompanhou, em silêncio e sem limites?

Se não fosse o barulho, até onde teríamos ido? Até onde você foi ou vai com o meu melhor amigo e seu namorado? O pior agora é o ciúme. Como é que ele te beija? Ele já ajoelhou aos teus pés e mordeu a batata da tua perna, bem devagarinho, escutando você dizer "para, para, eu não aguento mais"? E o sutiã, quando sai com ele, você usa? Mas eu não posso perguntar isso para você. Quando, onde, agora que sou mais do que ovelha negra, me tornei um lobo sem atenuantes, um sádico de filme de segunda categoria? Quem acreditaria em mim, sem você para comprovar, se eu dissesse que fui investigar o barulho e encontrei o melhor aluno do colégio transando no laboratório com um desconhecido? Se eu já não detestasse o Carlos Alberto, por causa daquele pai nojento que ele tem, passaria a detestar no momento em que o vi sendo agarrado por um sujeito que tem duas vezes o tamanho dele e gostando. Ele estava gostando, a cara dele não era de dor, era de prazer, como minutos atrás deviam estar a minha e a sua também, um ar de quem vai morrer naquele momento, mas está achando ótimo.

Meu erro foi ter ficado espantado a ponto de demorar para voltar para você. Porque eles me viram e aí eu não tinha escolha. Se corresse junto com a minha princesa para fora da escola, eles saberiam que você estava envolvida comigo em algo proibido e nós dois seríamos o assunto do colégio no dia seguinte. Eu não suportaria que alguma coisa acontecesse a você. Esses caras, eu vejo em minhas andanças de madrugada, não agarram só homem. Eles agarram mulher também. Ele, o que estava com Carlos Alberto, ia adorar botar a mão numa lourinha parafinada. Eu adoro, adorei, vou adorar sempre.

Quando vi, bem antes de chegarmos ao muro, que eles iam nos alcançar, mandei você correr sozinha e fiquei esperando, provocando os dois, xingando, para ver se algum milagre acontecia, porque é lógico que não aguento com dois caras numa briga. Eu posso ter acertado com o joelho em um, no acompanhante, pelo que me lembro, os dentes do Carlos Alberto eu quebrei mesmo antes deles me acertarem, mas o resto dos machucados dele eu não fiz. Como conseguiria machucar tanto as costelas de alguém se eles pisaram na minha mão e me quebraram três dedos? Eu pensei que o garotão e a bichinha fossem me matar. Acho que quando caí eles devem ter ficado com medo. Pode ser que o tal sujeito tenha surrado pra valer o Carlos Alberto antes de sumir, antes do vigia finalmente aparecer e essa história maluca de eu ter agredido o melhor aluno da escola, "fria e deliberadamente", como disse uma professora, começasse a ser inventada.

Pior do que o escândalo que meu tio fez, quando me levou a um médico particular para não ter que dar explicações à polícia no pronto-socorro, "chega de polícia e jornais, você está me saindo igualzinho ao seu pai"; o desprezo e os cochichos dos colegas, as reuniões com a orientadora pedagógica, o diretor e sua secretária (que, aliás, não quer mais transar comigo porque ela suspeita que eu estava de caso com o Carlos Alberto e ela morre de medo de pegar aids); o pior de tudo é não ter beijado você mais uma vez antes da confusão e da surra. É não saber o que você está pensando quando me vê no banco, nos jogos de basquete, porque com a mão engessada eu não posso jogar e o seu namorado ocupa minha posição no time, morto de pena de mim, eu sei, porque ele não acredita nos boatos que correm a meu respeito, mas não pode saber a verdade. Não pode saber que eu cheguei perto de conseguir, de ocupar, o único lugar que me interessa, o abrigo junto, perto, dentro da minha princesa de RPG.

Se eu chorasse, pedisse perdão pelo que não fiz, as pessoas aceitariam. Estaria de acordo com o que elas esperam do filho de um sofisticado criminoso. O que as pessoas não conseguem suportar é a minha atitude de deixar elas falarem, sem me defender. Eu não sei o que me salvou da expulsão da escola. Nem por que os pais do Carlos Alberto não me denunciaram à polícia. Acho que minha ex-amante talvez tenha ajudado, apesar de não me querer mais na casa, na cama dela. Ficou com medo de continuar brincando. Eu também não quero entrar escondido no prédio onde ela mora, fazer de conta que sou seu sobrinho em reuniões esotéricas. Acho triste ser o caso clandestino de alguém vinte e tantos anos mais velha do que eu. Só quero ser o namorado, o homem, o amante conhecido de uma pessoa no mundo. Você.

O meu tio, o marido da minha tia, tem razão: eu sou igual ao meu pai. Pelo menos em uma coisa. Eu suporto ficar em silêncio.

CAPÍTULO VIII

Sonhos

Não se deve desejar uma coisa a ponto de não se conseguir sobreviver sem ela.
(Buda)

Meu pai vai ser solto. Segunda-feira. Podia ter sido ontem, mas o advogado não conseguiu o alvará de soltura a tempo. Vai voltar a operar no mercado, nós seremos ricos de novo. Não tanto quanto já fomos, eu sei. Mas não teremos que morar no quarto de empregada, aguentar parentes sádicos... Ele me escreveu uma carta superanimada. Carta não. Bilhete. A cara dele. Um pouco animada em excesso para quem ainda tem seis processos para responder em liberdade. Mas o meu pai é assim. Duro na queda.

Os planos são meio mirabolantes, me trocar de escola, nós jogarmos tênis juntos no Country de novo... Recuperar pelo menos o apartamento na Lagoa, bem de família, já consultou o advogado, vai ser fácil, ele diz... Pode não ser imediato, mas ele vai conseguir, tenho certeza. Mesmo que a gente tenha que começar tudo do zero, um apartamento pequeno... Não faz mal.

Faz mais de um mês que não vejo meu pai. Tenho visitado ele muito pouco, ultimamente. Primeiro fugi de ir até lá porque estava arrasado com o que aconteceu na escola. Depois tive que estudar dobrado para passar de ano com as melhores notas da escola para me vingar dos boatos asquerosos. Não vou visitá-lo hoje. Você vai jogar vôlei contra um time forte e eu quero torcer, olhar, sonhar com a minha princesa...

Mas não tem problema. Segunda nós jantaremos fora, minha mãe, meu pai e eu. Meu pai foi muito legal no escândalo na escola. Ele diz no bilhete que me mandou pela minha mãe, naqueles dias horrorosos, quando eu não queria ver ninguém já que não podia ver você:

"Duas coisas eu tenho certeza que meu filho nunca vai ser: bicha e jogador. Nem me preocupo em conhecer a sua versão da história, pois sei que, se você estava fazendo alguma coisa secreta no colégio, estava fazendo com uma mulher. Quem era não me interessa, se você pudesse contar teria contado. Meu filho é gentil demais para permitir que sua principal lady, *d. Maria Laura, ficasse preocupada do jeito que ficou. E você, meu xeique, sempre foi o cavaleiro protetor da sua mãezinha.*

Você nunca será também um jogador, eu sei. Eu não teria chegado aonde cheguei, não teria me divertido tan-

to, se não soubesse reconhecer um homem íntegro. Parece meio irônico escrever para o meu único filho que eu sei avaliar a integridade ou que me diverti muito quando você e sua mãe estão comendo o pão que o diabo amassou por causa dos meus divertimentos. Eu não espero que você me aprove, mas pode acreditar que não apenas a minha prisão foi um acidente de percurso num país como o nosso como também você jamais vai passar pelo que estou passando. Você nunca gostou de riscos divertidos se esses riscos pudessem representar perda para outros que não você. Os outros, as pessoas que você tem consideração, sempre foram importantes. Estranho como um filho pode ser diferente assim do pai. Eu acho bom que seja. Quando eu voltar a operar no mercado, vou providenciar para que você vá estudar fora do Brasil, para que essas histórias desagradáveis a meu respeito não continuem perturbando meu filhão 'quixotesco'."

Me fez um bem grande esse bilhete do meu pai. Ele deve ter conversado com minha mãe também. Ela voltou para casa com o bilhete, parecendo vinte anos mais moça. É claro que não foi só porque meu pai deve tê-la tranquilizado a meu respeito. Tem alguma coisa de especial entre eles dois, alguma coisa que pertence ao meu pai e só ele deve ter. D. Maria Laura, como meu pai gosta de chamá-la, respira pela pele dele. Como eu gostaria de respirar pela da minha princesa, que nem joga mais RPG com o grupo. Do que adianta um cara ser íntegro se ele não consegue ganhar a namorada do melhor amigo? Sei que estou escrevendo besteira, cada dia fica mais difícil agir mal com o Alexandre, que tem sido melhor do que incrível comigo. Fico me consolando como se pegasse a mim mesmo no colo, me animando com os planos do meu pai, para não pensar em você.

Vou embora para o exterior estudar, e, quando aparecer de novo por aqui, vocês já terão casado, tido filhos, e eu serei o velho amigo, rico e famoso, e nós três riremos juntos desse período, talvez aí Alexandre sinta um pouquinho de inveja das minhas histórias e você se arrependa, também um pouquinho, de não ter seguido comigo. Um detalhe estraga o consolo secreto desse sonho: e se, quando eu voltar e olhar de novo para você, essa doença que eu sinto pela minha princesa loura persistir, e piorada? Você aí representará um amor da minha juventude e deve ser mais difícil ainda de resistir.

Não quero mais pensar nisso. Não quero mais sonhar com você. Agora faltam poucos dias para eu voltar a ser filho, voltar para os meus 17 anos, abandonar minha pele de velho. Vou abandonar o meu carma de super-herói e serei de novo um "filhinho de papai". Que bom!

CAPÍTULO IX

Roleplayer I

Não há dor que não possa ser suportada
quando podemos pô-la numa história.
(Karen Blixen)

O castelo está destruído. A aldeia incendiada, casa por casa. Aqueles que têm ou tiveram qualquer vínculo comigo são perseguidos em cada palmo dos caminhos que não levam a lugar nenhum. Eu escuto seus pensamentos correndo como camundongos numa pequena sala escura, subitamente iluminada por milhares de velas, colocados frente a frente com um onipotente predador.

Escutar pensamentos. Já me orgulhei dessa habilidade e a usei contra os adversários de minha família e contra aqueles que eu mesmo conquistei. Neste momento, em que os soldados me procuram pelo castelo, escutar seus pensamentos excitados com a perspectiva de me cortarem em pedaços e beberem meu sangue — como falta imaginação a esses homens furiosos! — não me apavora, antes aumenta minha frustração por ter me deixado enganar.

Seu comandante, meu inimigo, não tentou lutar contra minha mágica usando magia. A disciplina de mentir o tempo todo dentro de sua própria cabeça é algo para se admirar. Assim ele me derrotou. Assim suas tropas invadem o meu castelo e destroem o meu reino sem que me reste outra alternativa que não seja ouvir meu inimigo se espojando em sua própria felicidade, orgulhoso de sua esperteza de ter usado meu talismã contra mim mesmo. Eu ouvi como verdadeiros os pensamentos falsos.

Não tenho medo de morrer nas mãos dessa tropa, pouco mais do que bois de cangalha, que me procura excitada e, em sua passagem, destrói móveis, quadros, cortinas. A tropa destrói as coisas mais frágeis, as colocadas pela tia que substitui minha mãe na administração do castelo. Coisas colocadas para amenizar a rudeza de uma casa de homens. Felizmente ela não está viva. Eu não suportaria exercitar a habilidade que me deixou de herança em *seus* pensamentos, enquanto os homens passam a espada nas cortinas que ela imaginou servirem de cenário para grandes festas com dança e música, festas onde sua filha e eu, o herdeiro de seu irmão, brilharíamos. As guerras não permitiram que a dança e a música se instalassem neste castelo de homens de estirpe e de mulheres camponesas.

Uma dessas mulheres me amamentou quando minha mãe, enfraquecida pelo parto, morreu de susto ao receber a notícia da derrota do marido em uma de suas muitas guerras. Escuto agora o pensamento de minha ama, minha mãe de leite, sendo violentada pela terceira, quarta, quinta vez, ela não sabe mais quantos soldados entraram em seu corpo que se abriu tantas vezes para deixar partir os filhos homens que serviram em meu exército para morrerem todos a meu serviço. Ela não chora; pragueja. Ela não implora; insulta. Mas seu pensamento tenta chicotear o medo, chamando por antigos deuses que eu, até este momento, ignorava o culto. Ela vai morrer, eu sei, não é possível que um ser suporte a dor, o insulto, o medo indefinidamente. Chego a desejar que os soldados me descubram, rápido, para que, ao lutar com eles, consiga afastar os pensamentos de minha ama, morrendo por minha causa, depois de garantir minha vida.

É um suplício ter a mente povoada pelos pensamentos próprios e alheios ao mesmo tempo. Deve ser isso o que chamam loucura. Mas os deuses parecem não ter cansado ainda de abater o meu orgulho. Vejo se aproximando de mim, quase tão próxima quanto os soldados inimigos, minha loura e frágil prima que eu imaginava em segurança fora do castelo há horas. Malditas mulheres! Não posso morrer em paz nas mãos dos meus inimigos, derrotado pela minha esperança louca de vencer a luta contra alguém muito mais experiente do que eu. Por que ela não foi embora, não seguiu minhas ordens de se colocar a salvo? Não é hora de avisá-la de que eu trago a Morte, inclusive porque minha tia, sua mãe, fez de mim seu herdeiro, minha prima não lê pensamentos e qualquer palavra agora seria uma indicação segura do local onde nos encontramos. Penso as torturas terríveis a que terei de assistir quando os soldados colocarem as mãos em nós dois, enquanto minha prima, louca e loura, me despe em silêncio. Minha primeira reação é reagir como uma virgem ultrajada, nós não somos mais crianças tomando banho juntos, penso desesperado, de medo e de vergonha, pois ela já descobriu que o castelo invadido e a gritaria dos soldados não impedem que meu corpo entregue a paixão guardada, a paixão que prometi à minha tia nunca realizar. Por isso, eu a mandei em segurança para o castelo de seu pretendente. Eu a imaginava noiva neste momento em que ela me guia para dentro do seu corpo, e mal posso usufruir da última sensação feliz que me resta na vida — antes dos soldados avançarem sobre nós e tratarem a mim como um troféu de guerra e a ela como minha prostituta — quando me sinto diluir, uma leveza inesperada me invade. Levo o que parece uma eternidade para descobrir que não sou mais o guerreiro derrotado realizando uma última e proibida batalha de prazer.

Minha prima não existe mais. Os soldados não encontraram, quando invadiram a passagem secreta, uma loura sem pudor se entregando ao dono do castelo, em hora imprópria. O que eles veem é uma camponesa madura, sem idade, como elas costumam ser a partir do segundo ou terceiro filho, velhas antes do tempo. A camponesa segura as paredes, mesmo o homem mais violento compreende que ela sente dor, que sua hora está próxima e que só o medo das espadas a impediu de gritar antes. Eles se afastam à sua passagem, a destruição do castelo, a morte do inimigo, meu sofrimento pode esperar, nenhum comandante se atreveria a obrigar soldados saídos daquele povo a tocarem numa mulher grávida no momento do parto.

Os invasores têm a crença de que mãos masculinas se tornam amaldiçoadas ao entrarem em contato com os fluidos do nascimento. São antigas as histórias de mortes sem socorro, inclusive de mulheres da nobreza, por seus maridos e filhos recusarem-se a ajudá-las, de medo de suas mãos se tornarem inúteis. Eles pensam assim. Os súditos, os soldados de meu inimigo. Grávidas são intocáveis. Uma mulher jovem como minha prima, alguém que nunca opinou nos conselhos de guerra, pôde perceber o caminho de fuga que jamais me ocorreu.

Meu pai está morto. Minha casa, liquidada. E eu preciso começar de novo. Sou uma criança solta numa floresta escura, concebida pela última mulher da minha raça. Fui salvo com o seu sacrifício. Minha tia muitas vezes explicara, nas histórias que contava à noite nos preparando para assumir as responsabilidades do nosso clã. A magia da polimorfização e da invisibilidade só poderia ser usada uma vez, tão forte e perigosa costuma ser esta habilidade. Só as mulheres tinham acesso. Por quê?, perguntávamos. Ela supunha que a sensatez das mulheres era a causa, respondia com um sorriso que conseguia ser ao mesmo tempo irônico e doce. Ela não sabia quais seriam as consequências... Ninguém sabia. Talvez a eliminação do mago. Talvez a do objeto transformado e retransformado. Agora eu sei. Aquele que usa esses poderes é destruído. Teria minha prima calculado o risco quando os usou pela primeira e última vez? Eu não imaginava que o êxito de nossa fuga significaria assistir ao seu desaparecimento em labaredas e nuvens de fumaça perfumada. Não sei se foi o prêmio de ter escapado com vida de meu castelo destruído. Ou a definitiva derrota de ver minha inesperada amante consumida em chamas. O certo é que não escuto mais pensamentos alheios. Perdi meu talento mágico. Estou só, indefeso e livre.

CAPÍTULO X

Roleplayer II

Nós somos o que pensamos
e nos tornamos aquilo que pensamos.
(Dhammapada)

A voz da assistente desta semana interrompe meus cálculos.

— Ser de sexo feminino, origem B, não cadastrada, solicita audiência urgente. Apresenta nítida tensão, apesar de tentar disfarçar. Sugiro encaminhar para o setor de checagem.

Levo algum tempo para atendê-la ou mesmo entender a mensagem. Ultimamente estou assim. Distraído.

— Ser de sexo feminino... — Irritado, interrompo sua cantilena, que, sei, irá repetir-se de trinta em trinta segundos, até que o mecanismo que a controla ouça minha voz. Aperto duas vezes, impaciente, a tecla *Pause* enquanto resolvo se entrego quem está me procurando para o setor de checagem. Seja quem for. Já é bastante estranho que este "ser de sexo feminino" tenha conseguido me alcançar no centro do labirinto onde fica minha sala de controle.

Assistentes eletrônicas poupam muitos aborrecimentos, especialmente quando se consegue uma voz sensual como costumam ter as minhas. Eu as troco toda semana para não ficar entediado. Elas já vêm programadas com a lista das minhas preferências. Sabem a hora do dia em que aprecio uma massagem nas costas, medem minha tensão e o meu cansaço pela oscilação de um terminal específico e são capazes de acionar todos os comandos úteis para o meu conforto e prazer. Drinques, massagem chinesa, um sono ligeiro de vinte minutos, minhas assistentes providenciam. Infelizmente, nenhuma delas, a dessa semana inclusive, foi preparada para enfrentar visitantes que não deveriam ter chegado até aqui.

Minha mão dirige-se ao comando de voz para ordenar que encaminhem a intrusa para a checagem, quando a curiosidade me vence. Aciono a tela.

É uma mulher loura, possivelmente de minha idade, apesar de que com as mulheres nunca se sabe. Os homens procuram também o centro de reforma estética, mas as mulheres são mais constantes. Ela pode ter feito implante de pele, mudado os olhos, rejuvenescido vinte anos. Isso não é difícil. Mas me parece natural. Talvez porque a assistente já me informou que ela é do setor B e *eles* só têm direito a reformar um item de cada vez, de três em três anos. E, mesmo assim, só quando a ficha é limpa.

Rodo a tela e uma perturbação que há muito não sinto começa a se instalar logo abaixo da minha pele. Não é apenas desejo. Não é disposição de descobrir como se comportaria esta mulher loura, de pernas compridas e unhas quebradas nos meus confortáveis aposentos, na área mais segura da região. A mais segura e a mais luxuosa também. Poucos técnicos têm acesso a supérfluos prazerosos como eu tenho. É difícil uma mulher resistir a um convite para me visitar. Às vezes, quando trabalho em missões particularmente desgastantes, gosto de buscar minhas convidadas na noite do setor B, até no setor C. Elas nunca recusam, mesmo sabendo que ficarão marcadas por terem deitado com um homem fora de sua área. As mulheres não resistem à descrição do que as espera se me acompanharem: alimentos reidratados, alucinações escolhidas, massagens intermitentes e calor, principalmente calor, quase natural. Muitas das que eu convido nunca sentiram nada parecido e arriscariam mais do que comprometer suas fichas para viverem três, quatro horas num simulador de condições extintas. Procuro satisfazê-las, sou um homem que paga bem pelo prazer mesmo que seja com alguém que só verei por um curto período.

Sou obrigado a desligar de vez minha assistente porque seu período de pausa é insuficiente para concluir o exame dessa visitante estranha que não deveria estar aqui. Eu preciso de silêncio também para identificar, enquanto rolo a tela e revejo detalhes perturbadores. De onde conheço esses joelhos, essa penugem nos braços, o jeito de inclinar a cabeça? Tento me tranquilizar acreditando que a sensação forte que me invade é apenas a disposição de levá-la para a minha suíte equipada com a melhor tecnologia amorosa do nosso tempo e algumas relíquias do passado. Passado. Enquanto decido se a recebo ou não, acesso o comando da memória. O monitor, à minha esquerda, armazena tudo sobre as experiências que vivi. Sou um servidor disciplinado da Comunidade Superior. Todas as noites, quaisquer que sejam as tarefas do dia ou as aventuras ligeiramente ilegais, me deito no divã e me coloco à disposição do sistema para que as vivências diárias sejam varridas e armazenadas. Sei que se não fizer isso o alarme será acionado e em seis horas terei perdido meu cartão de acesso ao território A. Não é o medo do castigo que me faz agir assim. Participo da manutenção dessa Ordem, acredito que lembranças que a Comunidade não controle podem se tornar perigosas para todos. Teclo o item Mulheres, e o monitor passa suas imagens e os dados principais, bem rápido, na tela. A loura que espera na minha antessala não está arquivada. Mas sinto que a conheço, posso sentir daqui o cheiro de sua pele. Meu corpo dói com o reconhecimento do seu corpo, mas o sistema não erra, e ela não faz parte dos muitos rostos femininos que compõem o meu passado.

Sigo a pele, e não minha mente que grita "Perigo", e mando a assistente deixá-la passar. Vejo na tela a revista eletrônica. Não porta armas, substâncias, sua roupa é igual à de qualquer outra mulher do setor B, mas ela me amedronta como se pudesse, de alguma forma, me destruir.

Sinto-me obrigado a levantar quando ela entra, apesar desse ser um hábito há muito em desuso. Homens e mulheres são iguais em nossa Comunidade, não existe a necessidade de cortesias retrógradas, mas alguma coisa me diz que ela precisa de uma gentileza que só uso com os Grandes Chefes. Eu deveria recriminá-la por sair de seu setor e transgredir as normas de segurança para vir até aqui, mas fico parado, em pé, do lado de minha mesa, esperando que ela fale.

— Meu companheiro — ela diz, e uma dor antiga começa a me apertar por dentro — foi surpreendido pela equipe de checagem do setor B numa reunião de troca de memórias...

Ela para como se não se atrevesse a continuar. Talvez alguma coisa em meu rosto a tenha atemorizado. Ela sabe que não devia ter vindo. Sabe que não existem canais para apelações. O homem que dorme com ela também sabe, se é que ele, neste momento, ainda sabe de alguma coisa.

— Ele não devia ter feito isso — ela tem a sensatez e o cinismo que eu admiro nas mulheres, se tivesse tentado o caminho de justificar o sujeito eu teria mandado removê-la —, mas ele é o pai de minha filha, e eu preciso ajudá-lo.

Pai. Ela é ligada o suficiente a alguém louco o bastante para conservar e trocar memórias, a ponto de ter um filho com ele. Quase ninguém mais faz isso. Ter filhos. Pelo menos nos setores A e B. Os seres que vivem confinados no setor C, às vezes, constituem família por algum tempo. Mas em geral as famílias duram pouco. As crianças todas, sem exceção, são enviadas para o setor de educação, a partir dos cinco anos. Eu fui. Todas são. Minha mãe nunca vi, apesar dela estar arquivada no meu terminal. Meu pai, com quem morei na minha infância, quando resolveu experimentar a vida com uma criança, fez o que fazem todos: se dirigiu ao Centro de Reprodução, respondeu a um questionário e fez a escolha de quem queria para doadora de um óvulo que correspondesse a 50% do que esperava de um filho. Tenho também arquivada a imagem da mulher que foi encarregada de me manter dentro dela durante nove meses. Ela ganhava para isso. Era sua função social. Pôr no mundo pelo menos cinco bebês saudáveis. É claro que isto foi antes da atual necessidade de conter o crescimento populacional. Naquela época, poucas crianças eram feitas inteiramente em laboratórios, segundo padrões de controle absolutos.

— Como foi que você conseguiu chegar aqui?

— Você vai me ajudar? — ela pergunta com assustadora intimidade, essa intrusa.

— Você não está em condições de fazer perguntas ou pedidos. Eu posso descobrir como você ultrapassou a checagem, sem sair da sala. — Estendo a mão para o comando de revista mental. Sei que é um processo doloroso quando imposto. Assisti a muitos interrogatórios realizados pelo equipamento que usamos com os recalcitrantes. Só que a dor, a inquietação que a mulher me traz já estão me incomodando.

— Prometi acompanhar o encarregado da checagem até seus aposentos assim que saísse daqui.

Pronto. Ela tem um homem permanente no setor B, uma filha, e faz promessas sexuais para conseguir interceder pelo companheiro. "A mulher é doente e perigosa", sou avisado pela minha dor. Talvez eu devesse encaminhá-la ao Centro de Serviço Mental, seria uma maneira de afastá-la de mim e do chefe da checagem. Ele é pior do que eu. Mesmo num serviço como o nosso, onde murmúrios sobre os hábitos alheios são evitados, suas preferências sobre mulheres do setor C e sobre o estado em que elas ficam quando saem de perto dele são comentadas.

Ela está me adoecendo também, deve dominar alguma forma de manipular emoções que nós ainda não conhecemos, eu deveria estar preocupado com a falha séria na segurança do prédio e com o efeito que ela exerce em mim. Eu sou um Especialista, fui preparado desde criança para a função, e não para me preocupar...

— Preciso achá-lo — ela fala como se bastasse sua necessidade para eu passar por cima de todo o Código.

— E por que eu deveria ajudá-la? — Minha pergunta tenta ser autoritária e fria.

— Porque você me deve isso. Eu não sei como, onde ou o quê, mas em algum lugar eu fiz por onde merecer sua ajuda. Soube disso na hora em que acessei o terminal das autoridades e vi seu rosto.

Eu sei que ela fala a verdade, apesar de não ter encontrado nada em minha memória armazenada. Sei também que provavelmente não vale a pena tentar salvar o homem. Seus captores já devem ter trabalhado nele, assim como em seus colegas de conspiração. A Comunidade tem experiência com os eventuais focos de resistência. Eles não são frequentes, hoje já existem substâncias capazes de evitar quase que completamente os estados emocionais de desequilíbrio. De tempos em tempos, porém, aparecem pessoas imprevisíveis, que fogem aos padrões, não reagem bem às drogas, não se conformam com as regras. Essas têm as mentes esvaziadas, são reprogramadas e enviadas para os piores campos do setor C.

É o que vai acontecer com ela, na hora em que sair desta sala. Acho que foi por isso que o chefe da checagem, que é subordinado a mim, a deixou entrar. Ele imaginava que eu a enviaria direto a ele. Uma cota de divertimento extra, ele calculou.

No caso de eu resolver ajudá-la, meu fim seria pior. Não se reprograma especialistas, somos pessoas selecionadas para construir programas, temos informações em excesso para que se corra o risco de que, mesmo varrendo totalmente nossa mente, preservemos alguma capacidade de organização e liderança.

— E sua filha? — Enquanto a interrogo sobre a criança, tento achar uma maneira de evitar sua destruição sem me comprometer. Eu a convido a sentar-se, preparo uma bebida que ela recusa. Não deve confiar em mim totalmente, por que confiaria esta mulher em alguém que ocupa minha posição? Ela está com pressa, eu percebo, mas responde às perguntas, e não preciso ligar nenhum detector para saber que ela diz a verdade em suas respostas curtas. É o preço que ela está disposta a pagar para ter seu homem de volta. A menina tem quatro anos, não foi chamada ainda para o setor de educação. Foi fácil enviá-la para a casa de parentes distantes. Para onde? Ela cita uma galáxia perdida no tempo, um lugar habitado por seres inferiores, considerados incapazes de se adaptarem à complexidade do nosso sistema. Como ela pode ter parentes lá, como se comunicou com eles, como sabia que os parentes aceitariam a menina? Aperto o interrogatório querendo acreditar que essa mulher é insana, mas ela responde que seus avós emigraram para a Comunidade em busca de progresso, contudo, o máximo que conseguiram foi sermos classificados no setor B e lhe deixaram como herança a informação sobre os parentes. Para usar numa emergência. Ela também esconde memórias, reconhece, mas só para uso pessoal. Como nesse momento. Onde, quando, como ela me conheceu? Isto ela não sabe. Qual é a dívida que tenho com ela? A loura se permite um sorriso ao confessar sua ignorância e certeza. Só sabe que é grande. Qual é a emoção que a prende a este homem louco por quem ela procura? Ele não é louco, esclarece, como se minha pergunta fosse totalmente inepta, só um pouco ingênuo. E precisa dela. Ela sente que deve ser leal a ele. Leal a ponto de se deitar com o primeiro que prometer ajuda? Estou sendo desnecessariamente rude, mas a referência à lealdade provoca uma aflição dentro de mim. Mulheres não deveriam gastar seu tempo com emoções ultrapassadas. Para isto as gerações anteriores, os líderes do setor A que antecederam os Grandes Chefes, pesquisaram drogas e planejaram ações que eliminassem as tensões e ansiedades que dão origem a sentimentos idiotas.

Ela acredita numa memória anterior, me explica, insegura. Vivências não armazenadas. Bobagem, asseguro. Tudo está arquivado no Sistema Raiz. Ela põe a mão no meu joelho. O que nós estamos sentindo está arquivado? A pergunta é traiçoeira, porque eu não sei se ela tem acesso a algum maldito método não catalogado de controle mental. Dois seres ainda jovens querendo deitar um com o outro, diagnostico, brutal, tentando afastar a ternura que esta mulher me provoca. Infelizmente, ela não quer mais falar, responder perguntas, não há mais tempo de eu oferecer as sofisticadas distrações da minha suíte, porque a mulher estranha se despe na minha sala de trabalho e me seduz no pagamento antecipado pela minha cumplicidade. Só tenho tempo de estender a mão e desligar o sistema de monitoramento da sala. Ninguém vai assistir na tela, quando checarem todas as atividades do dia de hoje no Labirinto, ao momento mais inesperado da minha vida.

Foi isto o que aconteceu, relato para o Grande Chefe que me interroga a respeito do meu desaparecimento do setor durante oito horas. Desliguei todos os terminais de controle para que meus passos não fossem registrados. Acessei o arquivo geral para obter dados sobre o encarregado da operação que desmantelou o grupo de dissidentes para ver a melhor forma de chantageá-lo. Fiz o mesmo com a pessoa que controla as saídas para as galáxias fora do nosso sistema.

— Você pressionou dois subalternos, retirou um prisioneiro da Comunidade, garantiu a fuga de dois seres que nunca mais encontrará, só por causa de um orgasmo antiquado? — Eu entendo o seu espanto e respondo com cuidado, apesar de não ter nenhuma esperança de escapar à punição. Já é um privilégio estar sendo interrogado por ele. O normal seria me colocarem no tubo que eu mesmo ajudei a programar, o que vasculha os segredos da mente e imprime em segundos relatórios pormenorizados dos pensamentos e ações passadas.

Não foi apenas um orgasmo antiquado. Foi uma experiência... única. Sublime. O sublime não existe, ele responde. Essa é uma das construções fantasiosas que os antigos usavam para explicar reações químicas desconhecidas na época.

Fico calado, reconhecendo a racionalidade de suas palavras e, ao mesmo tempo, sei que sua incredulidade é inútil. Nada expressa o laço que me une a esta mulher estranha que me fez passar por cima de minha carreira, minha segurança e minha vida.

— Sua insubordinação foi, além de tudo, inócua. O rebelde que cultivava memórias já tinha sido submetido ao processo de reprogramação. — Ele parece lastimar me perder, este representante do alto escalão da Comunidade. Não digo a ele que o processo de reprogramação não funcionou totalmente com o rebelde. Ele reconheceu a mulher assim que desliguei os comandos que o prendiam ao sistema.

Guardo para mim também a estranha reação de afeto que o cultivador de memória teve em minha direção. *Camaradas em armas*. De onde me vem esta reminiscência? Ele me saudou como se tivéssemos convivido anos juntos, como se entre nós existissem laços mais fortes do que nossa atração pela mesma mulher.

É claro que ele não sabe mais o próprio nome, sua idade ou o motivo pelo qual foi preso. Ela parecia não se incomodar com isto quando os deixei no transporte que os conduziu para o lugar primitivo que escolheu para retornar. Vai ser uma viagem longa, para os nossos padrões. Eles terão que trocar de nave, recuarão no tempo para atingir a galáxia procurada. Ela escolheu. O lugar de exílio, o homem para acompanhá-la, a família para construir, o executor da fuga. Eu. Ela sabe que meu último momento de prazer foi o que tive em seus braços, pois a Comunidade não pode me poupar. Eu também sei e estou preparado.

O Grande Chefe consulta pelo terminal principal os outros membros do colegiado. Escuto o barulho suave que o aparelho faz ao transmitir os dados que ele recolheu, suas opiniões sobre as penalidades que devem ser impostas. Esse processo de julgamento é rápido, o programa tem arquivada toda a jurisprudência sobre transgressões às normas. Cada caso de rebeldia, os procedimentos, as atenuantes, as características psicológicas, sociais, dos criminosos, as maneiras pelas quais eles foram eliminados... Na verdade, três minutos é tempo bastante para o programa selecionar meia dúzia de opções do que deve ser feito comigo.

A Comunidade se julga clemente. Não é dolorosa a morte que me espera. Devo ingerir uma nova droga letal que está sendo testada para uso hipotético. Para ser misturada na água que abastece o setor C em caso de ocorrer superpopulação. Para o dia em que nossos tratados de não agressão forem violados e algum colegiado de outra galáxia nos declarar guerra.

Eu e ele sabemos que essas hipóteses são impossíveis. O setor C não recebe suprimentos suficientes para aumentar sua população, e as drogas que consomem foram inventadas exatamente para inibir ao máximo a reprodução dos seus habitantes. A invasão é uma possibilidade mais remota ainda. Nosso desenvolvimento é de tal ordem que galáxia nenhuma se atreveria a embarcar numa aventura desse tipo.

A pesquisa de drogas novas, no entanto, interessa ao Colegiado de Grandes Chefes. Os técnicos, como eu, se mantêm ocupados com os projetos. Novas taxas são criadas, se aperta a produção, os contribuintes ficam com o sentimento de que a Ciência na Comunidade progride cada vez mais. As corporações, que o Colegiado representa, veem crescer seus lucros.

Não questiono a sentença porque seria... ineficiente, vergonhoso, inútil. Os cientistas encarregados da experiência-execução me encaminham para o laboratório e sentam-se para acompanhar o processo que, garantem, será rápido e, até, agradável. Fico pensando em quem mais eles testaram esta droga antes. Bebo e me deito na estreita cama cinzenta, imaginando como será divulgada a notícia de minha morte, no comunicado oficial, daqui a instantes.

— Minha mente se transformou numa grande tela. Pessoas vestidas de maneira estranha, de um jeito muito antigo, talvez modelos de oito ou dez séculos atrás, discutem planos de guerra... *Tento não relatar em voz alta as imagens que invadem meu pensamento sentindo que a discussão e a guerra são secretas e os técnicos estão registrando tudo para posterior utilização contra os inimigos reais ou imaginários da Comunidade a quem servi até algumas horas atrás. Meu esforço é em vão. A mesma força que inunda minha mente com imagens desconhecidas faz com que eu conte para eles o que estou vendo e sentindo.*

As imagens se misturam. Relembro reuniões com os Grandes Chefes, encontros secretos, projetos que esses cientistas jamais imaginariam, eles devem estar ficando com medo de serem eliminados também, por estarem tendo acesso a coisas que não deveriam saber, a programas nos quais eu estava trabalhando e eles desconheciam.

A tela, minha mente está conectada a uma tela que projeta as imagens provocadas pela droga recém-inventada, reproduz os projetos em que trabalhei, os técnicos que conheci, mas exibe também imagens estranhas, notícias de guerras, reuniões onde os mais velhos falam e alguns jovens escutam. Quem são eles? De onde saíram esses personagens de sonhos? Eu não sei. As mulheres servem bebida aos homens reunidos. Uma delas é jovem e dona de uma estranha beleza.

— Um sentimento que não consigo identificar me liga a esta mulher. Ela me causa dor e, ao mesmo tempo, um prazer temeroso... — Vocês devem estar espantados, orgulhosos de sua invenção, do efeito (a droga derruba qualquer tentativa de ser discreto, abole as censuras internas), mas ao mesmo tempo sei que se sentem impotentes pois de nada adianta estimular alucinações visuais num moribundo, se essas alucinações não podem ser decodificadas...

Minha voz começa a falhar, a garganta está inchando por dentro, vejo, num século mais próximo a nós, grades e um homem deitado, parece dormir. Jovens, mulheres jovens, praticam um esporte antigo, com bola e rede, não muito antigo, os estudantes ainda hoje o praticam no setor de educação, nos terminais de computação as crianças brincam com programas que envolvem rede e bola. Não são, porém, seres desenhados por computador que disputam a partida que vejo. Novamente a dor lateja junto com uma excitação... física. O que têm essas mulheres jovens que me excitam em minha memória ou em minhas alucinações?

— Sinto que meu sangue começa a ficar mais grosso do que as artérias suportam, a sensação é de que a qualquer momento vou explodir.

— Eu sou culpado — murmuro para as imagens de hordas de homens furiosos que retalham tudo e todos por onde passam. Sangue, muito sangue, e fogo por toda parte.

— *Ele tem muito pouco tempo — é de urgência o tom de quem quer que esteja falando. Alguém ansioso pelos resultados incompreensíveis da experiência.*

— Um enterro cristão. O cenário é de dois, três séculos atrás, no máximo. Um homem jovem anda pela rua. É seguido por uma adolescente que parece não querer que ele a veja. Dói muito — eu grito, sem saber se a dor vem das imagens ou da respiração que me falta. A sensação de afogamento me aflige.

— Me ajudem...

— Acabou. Ele não conseguiu explicar as alucinações. Isto era o mais importante — diz um dos cientistas iluminando a sala.

— Talvez a dosagem pudesse ser diminuída no próximo caso. Prolongaríamos o tempo de vida do elemento. Alguns momentos a mais — sugere outro.

— Talvez se pesquisarmos suas memórias anteriores... Memórias de imagens. Ele deve ter assistido... essas coisas de guerras, incêndios, em algum museu do setor de educação. Os museus guardam cópias de ficções em forma de imagens. Coisas feitas há cem, duzentos anos.

A equipe se reúne em frente ao terminal e começa organizadamente a relatar a experiência a que foi submetido momentos antes o ex-homem de confiança do Colegiado dos Grandes Chefes. Os dados são arquivados. Perguntado se nas memórias de imagens do morto existia algum elemento comum às alucinações, o sistema nega.

A equipe reconhece, em seu relatório, que a nova droga parece apresentar estranha propriedade de "criar" imagens e sentimentos não arquivados em nenhum setor da mente examinada, o que cientificamente é um absurdo. Não existe o Nada no atual sistema. A Comunidade tem acesso à origem de todas as coisas.

A equipe sugere que a droga seja testada de maneira mais intensiva, com seres comuns, não apenas com rebeldes terminais, para que se consiga explicar o fenômeno.

Os cientistas encerram seu relatório conjunto e se retiram da sala de execução. Sabem que nas próximas horas serão procurados com as ordens do Colegiado. Alguns se sentem desconfortáveis com as revelações feitas durante a experiência. Um entre eles procura não pensar na possibilidade assombrosa de existirem arquivos secretos na mente humana, memórias não rastreáveis, que possam guiar ações inadequadas para os objetivos da Comunidade. Este sabe o risco desse raciocínio ser registrado pelo sistema. Antes de deixar a sala, aciona o assistente eletrônico para que elimine o corpo pelos métodos usuais e prepare tudo para as próximas experiências.

CAPÍTULO XI

Vitrines

Senta-te à tua porta e verás passar o cadáver do teu inimigo.
(Provérbio indiano)

Vigarista morto era bola da vez

Só Deus sabe o que esperava Aluísio de Souza Rangel, 42 anos, no dia em que saísse da cadeia. A lista dos lesados pelo vigarista metido a empresário era de dobrar o quarteirão, e nego já estava preparado para cobrar o seu quando ele saísse da gaiola. Alguém, não se sabe quem ainda, foi mais esperto e despachou o cara na cadeia mesmo. Quando o advogado chegou com o alvará de soltura já encontrou o sujeito morto. O carcereiro explicou que quando chegou à cela o detento parecia dormir e, como não atendesse ao seu chamado, ele o sacudiu e descobriu que o fulano já estava gelado.

A polícia não acredita na hipótese de assassinato nem de suicídio, apesar do delegado não ter conhecimento de alguma doença grave que pudesse ter causado a morte. A família não quis dar entrevista. O aposentado que perdeu tudo para o vigarista e viu o dito cujo ser absolvido, procurado pela reportagem, declarou: o castigo de Deus vem a cavalo. A justiça tarda mas não falha.

Morte de empresário é mistério para polícia

Vestido de terno e gravata foi encontrado morto em sua cela, deitado como se estivesse dormindo, na manhã de ontem, pelo carcereiro da prisão especial onde se encontrava aguardando o alvará de soltura, o empresário Aluísio de Souza Rangel, preso há três anos por crime financeiro.

O corpo não apresentava sinais de violência e são ignorados motivos para suicídio. O empresário que respondia a vários processos, inclusive por lavagem de dinheiro para o narcotráfico, foi absolvido no único processo em que estava com a prisão preventiva decretada e deveria ter sido solto ontem. A família não quis informar se Aluísio sofria do coração ou se tinha alguma outra doença grave.

Envenenado na cadeia lavador de dinheiro

Foi executado ontem, na cela onde aguardava sua libertação, de maneira misteriosa, o corretor Aluísio de Souza Rangel, famoso por suas ligações com traficantes internacionais que o encarregavam de lavar o dinheiro na Bolsa de Valores. O crime perfeito, como já está sendo considerado por alguns policiais, deve ter acontecido entre seis e oito horas da manhã de ontem, pois o malandro se levantou, fez a barba, colocou o melhor terno, uma gravata nova, sapatos importados, se preparou como se fosse para uma festa, e, quando o carcereiro apareceu, estava deitado na cama, morto.

Muita gente comemorou a morte do sujeito, que foi absolvido semana passada e hoje já deveria estar na Suíça contando os dólares que ganhou passando para trás aposentados, viúvas e funcionários públicos. Suspeita-se que o tráfico tenha mandado executá-lo pelo dinheiro que lavou e não devolveu.

Empresário aparece morto na polícia especial

O empresário Aluísio de Souza Rangel, 42 anos, ligado ao escândalo dos fundos de pensão, morreu ontem de motivo ignorado em sua cela, pouco antes de ser libertado por ordem judicial. Dono de uma corretora de valores sob intervenção do Banco Central, há quatro anos, e envolvido em vários processos por crimes financeiros e por ligação com o narcotráfico, o empresário foi absolvido da acusação de fazer operações de *open market* sem lastro, na única ação onde sua prisão estava decretada. Uma fonte do mercado, que não quis se identificar, admite que a absolvição de Aluísio de Souza Rangel pode ter irritado as pessoas lesadas em suas operações. Não se conhece, até agora, nenhum indício de assassinato ou suicídio. O empresário era conhecido desportista amador e, aparentemente, gozava de boa saúde o que torna sua morte um acontecimento misterioso para a polícia.

A família do morto se recusou a dar entrevistas durante o velório, ao qual compareceram vários empresários e socialites. Seguranças particulares dificultaram o trabalho da imprensa no cemitério.

CAPÍTULO XII

A PRINCESA E O SÚDITO

Como é terrível o dom da sabedoria
quando não serve a quem o tem.
(SÓFOCLES)

NÃO CONSIGO AINDA suportar a ideia de não ver mais meu pai. Hoje dói menos. Mas, às vezes, passo horas tentando lembrar: como era a cela onde ele passou quase dois anos esperando o julgamento? Por que não me interessei em saber o que ele pensava nas noites em que ficava sozinho depois das nossas visitas? Será que eu não podia ter perguntado a ele, com franqueza, mas com carinho, as coisas que queria saber sobre ele, as burradas dele, os caminhos, os processos, as mentiras, as amantes? Eu devia ter cuidado dele melhor. Devia ter sido mais próximo.

Nunca imaginei que minha mãe conseguisse ser tão... firme. A gente não lê, a gente não escuta histórias sobre pessoas comuns. Pessoas sem grandes marcas de inteligência, beleza, maldade ou heroísmo. Pessoas como minha mãe. Uma mulher que gostava do marido, acreditava nele apesar de todas as provas em contrário. Uma mulher que não entende o filho, o cunhado, a irmã, o mundo. Uma pessoa que só tenta cumprir o seu papel, o melhor que pode.

Quando nós éramos ricos, minha mãe era uma dondoca. Bem-vestida, bem-arrumada, recebia os amigos, viajava, comprava roupas, trazia presentes. Ria das coisas diferentes que meu pai dizia, ria de chorar quando eu e ele imitávamos em inglês as bobagens de novo-rico que o cunhado dela fazia. A gente gostava de se exibir para minha mãe, de partilhar com ela coisas leves, engraçadas, superficiais. Eram coisas de mulher, a gente pensava. Coisas bobas. Eu pensava. O que meu pai pensava eu não sei. Nem vou poder descobrir.

Minha impressão é de que nós dois, meu pai e eu, sempre imaginamos minha mãe como uma mulher bonita, alegre e meio... incapaz. Quando meu pai foi preso ela mostrou que não era só isso. Eu desaprovava inteiramente o que minha mãe fazia. Morarmos num quarto de empregada para não pagar aluguel e contratarmos o advogado mais caro da cidade. Ela separou alguns vestidos, uns desses enfeites que fazem bonitas as mulheres como ela, e vendeu o restante. Eu achava ridículo minha mãe visitar meu pai na prisão vestida como se estivesse indo jantar com ele no melhor restaurante da cidade. Hoje eu suspeito, já não tenho mais certeza de nada, de que toda a choradeira em casa, toda a fraqueza diante das grosserias do cunhado, toda a indiferença por mim eram uma maneira de reservar energias para manter o amor vivo. Meu pai era o que importava, ela tinha que cultivar a alegria dele. Ele era o filho de quem ela cuidava.

Quando recebemos a notícia, foi o panaca do meu tio que atendeu o telefonema, eu me tranquei no banheiro, chorando, imaginando que ia ficar órfão duas vezes. Minha mãe não ia resistir. Eu já estava pensando na melhor maneira de afundar para sempre quando d. Maria Laura veio me surpreender mais uma vez. Ela batucou na porta até eu abrir e me arrastou para o antigo alfaiate do meu pai. Sem conversar, sem uma palavra de lamentação, ela interrompeu o serviço do cara, comunicou a morte de meu pai e encomendou o ajuste de um *blazer* dele para mim. O alfaiate parecia mais abalado do que ela. Nem cobrou pelo conserto. Como alguém pode se preocupar em ajustar roupa numa hora dessas?

Ela pode se orgulhar. Nós e o morto éramos as figuras mais elegantes já encontradas no enterro de um criminoso. Minha mãe providenciou tudo, arrastando meu tio, o cunhado, para cima e para baixo, implacavelmente, ele assinando os cheques, enquanto a irmã dela ficava ao telefone transmitindo a notícia. No dia achei um escândalo a força da minha mãe. Era tudo o que não esperava. Quanto mais forte ela ficava, mais fraco eu me sentia, recebendo os pêsames das colegas de escola de minha mãe, dos ex-colegas da Bolsa ou dos sócios do clube de meu pai. A morte tem um efeito estranho na memória das pessoas.

Eu escrevo sobre isto *agora*, com uma sensação esquisita: pensei que nunca conseguiria escrever sobre a morte do meu pai. Nos primeiros meses, não consegui mesmo. Quando eu pegava o caderno, só saía o passado ou o futuro. Foi relendo os recortes de jornal que o presente voltou.

Hoje, quando comecei a rabiscar no papel, a única coisa que eu sentia era saudade de você, vontade de estar perto, raiva por você me evitar. Depois as coisas foram saindo e eu pude examiná-las de novo. Pude relembrar o enterro do meu pai.

Acontece uma coisa esquisita comigo quando escrevo. Pelo menos quando eu escrevo com dor. O início é muito difícil. As palavras vão saindo aos pedaços, custo para conseguir organizar um "quadro" dos meus pensamentos. Tem mais. A dor não pode ser grande demais, como foi no dia em que meu pai morreu. Se for desse tamanho, escrever é impossível. Não sai nada de dentro de mim. Eu me sinto paralítico, cego, surdo, mudo. Eu posso, no máximo, ler. Ler histórias escritas pelos outros, muita, muita fantasia. Se eu ainda tivesse o meu computador ou, pelo menos, um videogame, tenho certeza de que jogaria horas seguidas, até distrair a dor o suficiente para que o sono chegasse. Assim eu sentia, pensava, nos primeiros dias depois da morte. Não adiantavam os convites de colegas recentes e antigos. Convites para cinema, jogos, fins de semana. Se eu não estivesse aleijado por dentro, eu poderia ter voltado a curtir um bocado de situações agradáveis. Foi como se as pessoas tivessem redescoberto Aluísio de Souza Rangel e, ao mesmo tempo, estivessem se penitenciando por esquecerem durante três anos que meu pai tinha mulher e filho e que nós não tínhamos relação com as falcatruas dele.

Nunca vou me conformar com a maneira como meu pai se foi. Morrer dormindo, no dia em que seria solto. Dói demais. Por que não 24 horas depois, em casa, comigo, com a mulher dele? Os recortes de jornal. Dessa vez, não precisei pesquisar em arquivos. Eu estava vivendo aquele tormento, as notícias, os telefonemas, as conversas no velório, conversas que paravam quando eu chegava perto, vestido com o *blazer* que fora do meu pai, mas reformado com tal perfeição que parecia meu. Eu recebia os pêsames, os abraços, do lado de minha mãe, e ficava com a pergunta rodeando e latejando dentro de mim: como foi que meu pai morreu? Por que ele morreu antes de ser solto? QUEM MATOU MEU PAI?

No dia em que saiu a sentença de absolvição, minha mãe comentou na hora do jantar, na casa do meu tio, que ficara provado no processo que informações importantes foram suprimidas na investigação inicial. Houve má-fé de alguém, o advogado conseguira provar. Meu pai, ela disse, estava disposto a cobrar esta conta, o tempo perdido na cadeia.

Eu fiquei lembrando o tempo todo, durante o enterro, desse jantar, dessa conversa. Lembrando também do julgamento que fiz do meu pai enquanto minha mãe contava toda alegre essa história. "Investigadores que não dão ao suspeito o direito de dúvida." Eu só considerei a "folha penal" dele, o meu sofrimento e o da minha mãe, o aposentado que perdeu suas economias. Afinal, foi por causa da perda dele que meu pai foi processado. Nem por um momento pensei que os últimos três anos pudessem ter sido terríveis a ponto de matar meu pai. Desprezei a possibilidade de alguém querer prejudicar meu pai deliberadamente. "É mais uma desculpa do velho", lembro de ter pensado, "uma justificativa para as suas irresponsabilidades".

Eu sou um babaca cheio de pretensão. Um velho de 17 anos, procurando o tempo todo um culpado para as coisas ruins que estou vivendo. Agora o "culpado" morreu, e não sei se alguém realmente poderia ter interesse em matá-lo e nenhuma pesquisa vai me dar essa resposta, porque sou jovem demais, não tenho dinheiro e não conversei com meu pai quando ele já tinha certeza que ia ser solto. Achei mais importante assistir ao jogo de vôlei da namorada do meu melhor amigo. Com meu pai eu ia ter a vida inteira, pensei.

Dessa vez você salvou a minha vida. Dessa e de outras, tenho certeza. Se não fosse a sua chegada, no apartamento do meu tio, na tarde em que meu pai foi enterrado, eu não teria chorado, não teria feito amor com você, chorado de novo... e dormido. O plano de voltar sozinho para casa — "Eu estou bem, mamãe, vou para casa descansar, depois já combinei sair com o Alexandre, conversar um pouco" — foi se armando na minha cabeça durante aquele tempo terrível de alfaiate, velório, enterro... Eu sabia como ia me matar, o que ia escrever no bilhete para minha mãe, botar num envelope tudo que já escrevi para minha princesa de RPG...

Só que você não deixou. Naquela hora, quando atendi à porta, eu tinha certeza de que jamais ia querer de novo uma mulher. Qualquer uma. Nunca mais escreveria depois do bilhete de suicida. Quando acordei no dia seguinte, sem você ao meu lado, a vontade de morrer tinha passado.

O problema é que não quero almoçar, ir à aula, estudar, jogar basquete. Só quero segurar em você, olhar você, estar dentro de você, como estive no castelo incendiado em outra vida, recordada para conter o desespero, até que você voltasse para mim como fez na tarde em que meu pai foi enterrado. Quero estar dentro de você como homem e não como o menino nascido da amante e prima para assisti-la se consumir em fogo. Eu não quero pensar, agir, sair dessa para uma vida onde você não esteja. Eu não quero ser salvo, não quero ser livre. Quero ficar junto com a minha princesa até a vontade de estar junto passar.

Quero saber tudo, contar tudo, aprender tudo sobre nós dois.

Vou ter que aprender a viver com a ideia de que você me salvar uma vez, duas, você impedir minha desistência, me deixar tonto de desejo, realizar minhas fantasias mais loucas não significa que você me queira todos os dias, o tempo todo. Só naquela hora. Você não quer abrir mão da sua vida de garota "normal", do seu dia a dia igual ao de todo mundo. Você só é minha nas grandes emergências. Do seu jeito. De um jeito louco, silencioso e breve.

CAPÍTULO XIII

Superfície

Ser mãe é desdobrar fibra por fibra o coração dos filhos.
(Caetano Veloso e Torquato Neto)

Minha surpreendente mãe mudou de vida. Depois de ter arrancado todo dinheiro que podia arrancar do cunhado para pagar um enterro decente, ela ainda o obrigou a financiar nossa mudança para um apartamento emprestado e a arranjar o dinheiro para a gente "começar de novo". Minha mãe está sendo minha professora. Não pedir, não explicar, colocar o que se deseja e não deixar outra saída para os devedores a não ser fazer o que a gente quer. Fim. Onde foi parar a mulher que precisava de proteção o tempo todo? Deve estar no cemitério São João Batista, dormindo ao lado de Aluísio de Souza Rangel, "Insubstituível amor e marido dedicado".

Ela procurou uma das ex-amantes de meu pai, a que ele "presenteou" com um carro importado, segundo a imprensa, e pediu à baranga um emprego. "Nada muito complicado, você sabe que eu não tenho experiência." Isso minha mãe me contou, depois que a outra arranjou o emprego para ela. Tem isso também. Agora minha mãe faz as coisas primeiro e comunica para o filho depois.

— Mas, mamãe — perguntei chocado —, como é que você pôde procurar aquela mulher?

— O que tem de mais, meu filho? Aquela mulher já foi uma grande amiga minha. Fui eu que ensinei ela a se vestir, a usar os talheres na mesa, a combinar acessórios. É justo que ela me ajude agora.

Eu podia ter dito à minha mãe que a moça, depois que aprendeu com minha mãe a escolher os pratos em restaurante francês e a usar as cores adequadas ao seu tipo, pulou na cama com o marido dela. Mas a minha nova mãe não quer choradeira, recriminações, cobranças. Ou então ela quer cobrar sem dizer que está cobrando, porque este método, parece, é mais eficiente. Ainda bem que descobri isto antes do meu pensamento chegar à voz, porque minha mãe não quer ouvir convites a caminhos retos. Ela não quer ajustes de contas, revolta em desvantagens. Minha mãe não quer a Verdade. Ela quer tocar a vida.

Foi assim que ela trouxe para este apartamento pequeno uma parte dos nosso móveis, prataria e quadros, espalhados pelas casas das amigas dela de infância. As coisas chegavam nas camionetes usadas para fins de semana, dirigidas por motoristas prestativos, à disposição de madame para carregar, instalar, pregar o que fosse preciso. Incrível. Os amigos são dela. Não são meus, ou do meu pai. As pessoas são fiéis a Maria Laura, não a nós. Por quê? Talvez porque ela não "mergulhe" em perguntas como eu, ou em "divertimentos" perigosos como meu pai fazia.

Minha mãe não ameaça ninguém. Só a mim. Algumas vezes a ameaça é boa. Ela me obrigou, como uma bruxa cruel, a voltar para a escola quando começaram as aulas. Não adiantaram os argumentos de tristeza, cansaço, raiva. Ela telefona do trabalho (não me acostumo com a ideia dela trabalhar o dia inteiro, alegremente, como se nada tivesse acontecido) para checar se eu vou ao basquete, ao clube, se eu já fui conversar com o coronel amigo do meu pai. Este é o único indício que tenho de que d. Maria Laura não apagou completamente a morte esquisita do marido. Ela não aceita a possibilidade de eu entrar numa instituição oficial como o Exército. Eu não posso fazer o serviço militar. Ela botou na cabeça que "respondão" do jeito que eu sou, é capaz de eu ser preso no quartel.

— E daí? — perguntei. — O irmão do Alexandre curtiu prisão disciplinar várias vezes e não morreu por causa disso.

— O irmão do Alexandre é o irmão do Alexandre, você é você. Meu filho não vai para um lugar onde existe prisão. É muita mistura de maluquice com esperteza para a minha cabeça.

Será que ela não percebe que eu já estive várias vezes perto da morte, muito mais perto do que qualquer cadeia boba de recruta? Será que ela não percebe que eu vivo à beira de um tipo de piscina sem chão? Meu pai tinha certeza de que eu não me tornaria um jogador como ele. Minha mãe não sabe nada de mim. Eu posso usar drogas, posso ser bicha, posso transar por dinheiro, fazer o que eu quiser, desde que eu fique longe de uma cadeia, para não correr o risco de morrer. O que me ameaça nela é isso. Ela não quer saber de nada que incomode o caminho que ela escolheu.

Ela venceu. O bebezinho foi dispensado do serviço militar "por excesso de contingente". O filhinho da mamãe não vai para o quartel com os colegas, continua em casa, estudando, jogando basquete, indo a festas para admirar a namorada do outro e ficar com garotas que dão mole. Às vezes, a situação é tão esquisita que dá vontade de rir ou de chorar. Eu danço com uma garota, beijo, aperto e assisto ao Alexandre fazer a mesma coisa com você. Teve uma festa que eu peguei você olhando. Namorando meu amigo e olhando para mim. Ainda bem que ninguém tem a brilhante ideia de propor que a gente saia, vocês dois, eu e a "menina do dia", como o Alexandre diz. Aí, eu ficaria convencido de que as mulheres são mesmo muito falsas.

CAPÍTULO XIV

A ESCALADA OU O ABISMO

Não expulse seus demônios, eles podem ser o seu melhor.
(NIETZSCHE)

RESOLVI ME INSCREVER num vestibular fora daqui. Na verdade, eu não quero assistir à maneira como minha mãe está construindo a vida dela. Não quero participar, ser influenciado, ficar contra. Não quero detestá-la. Não me importam os seus motivos. Eu não quero mais pensar, tentar entender, descobrir o fio, a origem. Ela vai casar de novo, minha mãe. Não sabe ainda, mas vai. Com alguém parecido com o que ela achava que meu pai fosse. Um homem que cuide para que a vida dê certo. Um sujeito que a mantenha feliz, sem grandes preocupações. Ele até fez isso, meu pai. Por 14 anos. Foi um tempo grande. Do jeito que minha mãe funciona, com um pouco mais de sorte, podia ter durado a vida inteira.

Engraçado como é possível se dar voltas em torno das coisas, mudar de ideia, mudar de rumo. Fico cansado, estou cansado, de tentar manter os pés nessa situação, nessa casa, nessa cidade. Sinto que se eu ficar com minha mãe vou acabar vivendo como ela, aceitando a maneira que ela tem de ajeitar os acontecimentos... de fazer de conta que só existe o que ela vê. Eu quero começar a minha própria vida, não como filho dela ou de meu pai. Quero ficar sozinho, tentar não sei direito o quê, mas tentar... agir por conta própria.

Leio o que escrevi e sinto que não explica o que existe dentro de mim, agora. Eu não quero ser ajudado pelos amigos dos outros. Não quero que outra pessoa, mesmo sendo esta pessoa d. Maria Laura, diga a carreira que devo escolher no vestibular ou qual é a maneira mais sensata de eu conseguir sucesso. De repente, minha mãe quer que eu seja um sucesso. Sugere amizades que devo voltar a cultivar, lugares, passeios. Ela não me conhece mais, como pode esperar que eu siga suas sugestões?

Minha mãe não entende. Enquanto eu estiver lidando com pessoas ligadas ao nosso passado, à nossa outra vida, vai ser sempre complicado ser *natural*. Me entristeço quando as pessoas falam de suas viagens, de divertimentos e oportunidades que não posso ter porque meu pai queimou nossas chances. Fico preocupado delas perceberem minha tristeza e ficarem com pena de mim. Não seria leal com meu pai, deixar elas perceberem, eu ficaria no papel de "coitadinho" e isto ia acabar enchendo a paciência dos outros. E a minha também.

Tem mais. Eu planejo conversar sobre as coisas interessantes que estou vivendo, experiências novas que meus amigos (?) do outro mundo nunca conheceram, sei lá... a liberdade que eu, o Alexandre e outros colegas vivemos. Sem seguranças, sem motorista particular, despreocupados com o sobrenome, com o emprego do pai... Não dá. É difícil trocar sentimentos com gente que vive em outro sistema. Vai dar impressão de arrogância de pobre. Soberba. Assim eu me sinto. Não consigo conversar muito com as garotas com quem eu saio, com os colegas de escola ou de time porque eles não viveram no mundo em que vivi. Os amigos (?) que redescobriram a mim e a minha mãe eu não consigo alcançar mais. Estou em desvantagem em relação a eles e me sinto mal, muito mesmo, em conhecer esta situação.

Eu sei qual é o caminho que minha mãe gostaria que eu seguisse. O da simpatia discreta de um jovem inteligente, com boa formação, atingido por alguns "reveses da fortuna", mas com talento suficiente para ser bem-sucedido, se for convenientemente ajudado. Será que ela não vê que dá náusea fazer isto? Provoca confusão. Dentro de mim. Eu nunca sei quando alguém, do círculo de relações de minha mãe, me escuta com atenção por estar interessado ou por pena. Bate um constrangimento instantâneo como se as pessoas com quem eu converso num dos jantares para onde vou "arrastado" por d. Maria Laura estivessem pensando: "Coitado do Pedro Luís, ele precisa tanto da nossa ajuda com essa vida difícil que eles estão levando!" Os pais devem comentar em casa com os filhos (que foram meus colegas de escola, alguns): "Nada de fazer referências aos problemas do Aluísio. Sejam discretos na hora de pagar a conta nos lugares aonde vocês vão."

Eu nem tenho coragem de beber (muito) ou paquerar uma das meninas quando saio com os caras! Tenho medo de alguma garota resolver dar para mim para me "reabilitar", e não por me achar gostoso. Medo de que pensem que resolvi tomar um porre em homenagem à bebida grátis.

Prefiro não ser convidado para fins de semana em Angra dos Reis ou em Araras. É melhor me trancar no quarto (agora eu tenho um quarto de novo, graças às táticas de sobrevivência de minha mãe) e estudar escondido para o vestibular. Estudo escondido no meu quarto e em bibliotecas longe de casa para d. Maria Laura não descobrir que o dinheiro que me entrega todo mês para pagar o cursinho, eu troco em dólar para poder sair desse esquema. Eu roubo o dinheiro de minha própria mãe para não ser "adotado" por uma firma de consultoria ou um escritório especializado em direito financeiro quando terminar a faculdade.

Este é o plano dela. Eu deveria estudar o suficiente para entrar num curso de direito ou de economia

— eu posso escolher, ela deixa — para mais tarde trabalhar com um dos antigos colegas do meu pai. Os mesmos que durante três anos não telefonaram para a gente e que hoje recomendam aos filhos cuidado no trato com um convalescente. Quem sabe eu poderia até me tomar sócio do futuro marido de minha mãe. O que ela vai acabar encontrando.

Não sou frágil assim. Como eles pensam. Sou um guerreiro, será que eles não entendem? Eu poderia contar, ensinar, trocar coisas importantes com eles. Com minha mãe, inclusive. Mas ninguém quer intensidade. A começar pelas pessoas que amo.

Sei por que estou cansado. Sei porque cada pensamento ou gesto que imagino ser feito em minha direção me magoa. Acabaram-se as chances. Alexandre me contou feliz que vai se casar com a sua primeira e única namorada, minha princesa de RPG.

Não posso mais viver em ilhas. Viver em momentos de sonho, esperar por algumas horas maravilhosas junto a uma mulher que escolheu outro homem. Há quanto tempo eu sei que a escolha seria esta? Acho que sempre soube que Alexandre ganharia esse jogo. Foi bom disputar, e dói muito não saber em que momento da partida eu perdi.

Não vou continuar devaneando, sendo arrastado por decisões que não são minhas. Esta é uma hora boa para sair do sonho.

CAPÍTULO XV

O CAMINHO DO MEIO

You have to forget about what other people say, when you're supposed to die, or when you're supposed to be loving... you have to go on and be crazy.
(JIMI HENDRIX)

D. MARIA LAURA, MINHA MÃE.

Vou embora. Não me procure. Não fujo, deixo todas as informações, mas, por favor, não me procure. Faz de conta que eu não sou mais o bebezinho que você confere se está bem no quarto com a babá antes de sair para a noite.

Deixei de ser criança nos anos que você passou longe de mim, embora vivendo na mesma casa, longe, lutando por seu marido ou criando uma nova d. Laura depois que ele morreu. Fiquei velho nas ruas e praças por onde andei sozinho, enquanto você cuidava das coisas de gente grande. Se nas escaladas e nos precipícios eu sofri sozinho, fui ao passado, viajei para o futuro, enterrei meu pai sem saber se quem o matou não seria pior do que ele, acho que posso aprender a viver comigo mesmo aos 18 anos. Me deixe tentar fazer aos 18 o que você não consegue fazer aos quarenta.

Pedro

PRINCESA,

Eu vou viver. Melhor ainda, vou ganhar. Apesar de todas as apostas em contrário, vou viver e ganhar.

Admito que se hoje posso escapar é porque você impediu o meu salto para a escuridão. Sem dramas, sem profundidade, você me ofereceu o abrigo mais macio, seguro e suave que existe. Me protegeu de mim mesmo dentro de você. Sem as palavras que complicam e machucam, muitas vezes, os sentimentos, você fez as suas escolhas.

Ontem fui o padrinho de seu casamento. Com meu melhor amigo. Porque assim você quis, porque sou seu súdito. Fui no passado, sou hoje e serei daqui a 200, 300 anos, quando o planeta for desolado, ainda mais dividido em compartimentos sem saída, estarei sempre à disposição da sua tirania, minha princesa, meu amor.

Pedro

P.S.: Deixo de presente tudo o que escrevi nos últimos três anos. Queime. Rasgue. Guarde. Como preferir.

Sr. editor,

Estou encaminhando para sua apreciação originais que acredito possam interessar à sua editora. Li recentemente uma entrevista sua em que se declara disposto a investir em autores jovens, desde que o texto passe por seus "critérios editoriais". Não sei quais são esses critérios, mas decidi que valia a pena tentar a publicação.

O autor é um ex-aluno do colégio onde eu trabalho há vinte anos. Foi um excelente aluno, apesar de meio problemático. Morreu recentemente, esfaqueado por desconhecidos num incidente sem testemunhas. Estava no último semestre de uma universidade pública, trabalhava, era querido pelos colegas que não conheciam o seu passado familiar, do jeito que ele queria, como o senhor vai descobrir lendo os originais.

Ele não foi para mim apenas um estudante que conheci no meu local de trabalho. Eu fui, a acreditar no que ele escreveu, a primeira mulher a lhe ensinar a sonhar com o corpo e não apenas com a mente. Hesitei muito em lhe escrever esta carta, não sabia como introduzir este dado. Pensei em me apresentar como uma amiga da família, uma tia, quem sabe. Tenho idade, infelizmente, para jogar esses papéis. Depois, fui fazer uma visita de pêsames à mãe dele e fiquei tão irritada em ver o esforço que ela faz por atribuir a morte do filho às "terríveis coincidências do destino" que decidi abrir mão da minha confortável hipocrisia e correr o risco de ficar conhecida como a primeira amante do autor. No caso de sua editora resolver publicar os originais.

Achei também que não seria justo uma mulher da minha idade ser mais covarde do que outra, jovem o suficiente para ser minha filha. Eu explico. O manuscrito me foi entregue por alguém que foi o grande amor (expressão meio em desuso, reconheço) de Pedro. A Princesa de RPG, colega de escola, única participante feminina de um grupo de Roleplaying Game que ele formou no colégio, mulher de seu melhor amigo, Alexandre. Essa garotinha, porque ela ainda é uma garotinha apesar de já ter um filho, me procurou no meu trabalho, com o rosto devastado pela tensão e pela tristeza. Levou o manuscrito e a notícia da morte. Novamente precisei trancar a porta da minha sala. Desta vez, não para uma loucura erótica. Eu precisava me isolar para ler e rir, ler e chorar, ler o que eu desconhecia, apesar de ter todos os elementos para adivinhar o desenrolar dessa vida que frequentou a minha vida, das "sete às nove da noite para não escandalizar os vizinhos".

Não. Não vou me sentir culpada. Eu não podia adivinhar que era tão importante para ele descobrir quem matou o pai. Não podia adivinhar suas dores. Eu não era mãe dele. Queria apenas levar para minha cama um homem jovem, bonito e generoso. Assumo riscos ao lhe escrever esta carta, mas não vou carregar a culpa por uma solidão que não percebi.

Acrescentei aos originais as cartas da comissão que analisou a possibilidade de expulsar Pedro da escola. Acho que o senhor não terá problemas se resolver editar esta obra póstuma porque a dona do manuscrito é a Princesa, e ela está disposta a mostrar ao mundo o seu amor. Um pouco tarde, talvez, mas quem não se arrepende de escolhas feitas na juventude?

Cordialmente,

Alice Mendes Siqueira
A AMANTE ESOTÉRICA

Sr. editor,

Fico muito feliz de saber que o senhor vai publicar o livro de Pedro. Eu sabia que era um livro, e não apenas um monte de cartas, desde que o li pela primeira vez, há quatro anos. Na época sofri por Pedro ter ido embora, mas eu amava muito, e ainda amo, Alexandre, e achei que era melhor este caminho.

Já assinei os papéis que o advogado da editora me mandou. A mãe de Pedro não gostou da notícia da publicação, mas ela não pode ficar contra, não é mesmo? Eu sou a dona do manuscrito.

Foi difícil a conversa com d. Maria Laura e o marido dela. Eles dizem que a imprensa vai voltar a vasculhar todos os erros do pai de Pedro. Vão especular sobre a morte dele de novo. Insinuar que foi "queima de arquivo". A mãe dele encontrou um bocado de anotações, no apartamento em que ele morava, sobre a prisão do pai, as conexões possíveis, os prováveis interessados em eliminá-lo. Ela nem me deixou ler o que ele escreveu. Tem medo de que eu divulgue isso também. Paciência. Eu posso ser uma "ingênua" como eles dizem, mas acho que tenho o direito de contar uma história que é também minha.

Foi duro com o Alexandre. Eu não podia deixar que ele soubesse depois do livro publicado. Ele era muito apegado ao Pedro, sofreu bastante com a mudança dele, com essa morte súbita... *Camaradas em armas*, Pedro escreveu. Acho que Alexandre vai custar a se acostumar com a ideia de que eu sempre gostei deles dois.

Assino esta carta com o nome que ele me deu e que eu amava,

Princesa de RPG

Sr. editor,

Este livro tem dois finais. O primeiro, o das cartas da amante esotérica e da princesa, eu sonhei para exorcizar meu medo. O medo antigo de morrer antes de realizar tudo o que eu pretendo. Ainda sonho acordado e ainda preciso, algumas vezes, exorcizar meus fantasmas. O outro final, o que estou escrevendo agora, não é de sonho, é de vida. Vida escrita por mim. Com algumas colaborações importantes.

Escapei de me sentir como o Ricardo III, de Shakespeare, que, assumindo não ter nascido para a beleza e para o amor, decide se tornar malvado e odiar com toda a sua alma os prazeres da felicidade.

Eu poderia ter seguido por esse caminho. Acontece que aprecio muito a beleza e amo os prazeres da felicidade. Durante alguns anos, os mais difíceis, eu odiava muito, mas mesmo nesses tempos escuros meu corpo me puxou para a alegria, e minha mente, através dos sonhos, me colocou de pé.

Eu tinha medo dos sonhos aos 17 anos. Talvez, se eu não os escrevesse, tivessem me derrotado. Mas, relendo-os hoje, agora que minha princesa de RPG está por livre escolha ao meu lado, percebo que meu fio terra estava preso a cada página escrita e sonhada.

Ela apareceu na portaria do meu prédio, um dia desses. Malas, um garotinho de quatro anos pela mão e uma pasta velha com a história do meu amor juvenil. Desistiu do Alexandre, contou.

— Se eu pudesse ficar com os dois — suspira, pensativa, em meus braços. Continua de pouca conversa a minha princesa, mas hoje me escuta bem mais. Foi ela quem me convenceu a lhe entregar estes originais. Me convenceu a tentar mostrar em público a minha nudez interna.

Penso que Alexandre deve ter algum dia desconfiado dessa paixão maluca, mas sei também que, mais tarde, quando a raiva de ter sido trocado por mim passar, ele, como soube ganhar, vai saber perder. Meu amigo. Hoje e sempre.

É possível que minha mãe sofra um bocado se o senhor resolver publicar esta história. Não é de bom tom, ela acha, mostrar tristezas familiares para estranhos. Meu pai talvez risse disso tudo ou, quem sabe, sentisse um ligeiro remorso pelo risco que eu corri de me tornar uma pessoa capaz de passar a vida sabotando a felicidade.

Não sei se conseguiria chegar até esta página se não fosse minha amante esotérica, que não se chama Alice. O professor de química deu a maior força para eu buscar um caminho independente de minha mãe. Sem nunca ter conversado intimamente comigo me ajudou mais do que ele imaginava. Muitas aulas particulares me deu de graça, sem perguntar para que eu precisava delas. Grande sujeito! Ah! Não posso esquecer do Carlos Alberto. Ele tornou minha vida no colégio tão insuportável que eu parei de sentir pena de mim mesmo e comecei a lutar para cair fora. A gente aprende também com pessoas medíocres e mesquinhas. Mesmo que a intenção delas seja a de machucar. Não importa. Eu decidi, e minha princesa contribuiu bastante para isso, ir até o final na busca de fazer o meu melhor. E o melhor para mim é o sonho.

Pedro Luís de Souza Rangel
ESCRITOR

Pós-escrito

Embora os fatos de nossa realidade cotidiana possam fazê-lo parecer verídico, este livro é fruto de imaginação e de pesquisa. Dois profissionais do direito contribuíram para que a história de Pedro Luís pudesse ser contada. A dra. Gloria Marcia Percinoto*, com quem conversei sobre a falência de Aluísio logo após ter escrito "Campari e Chanel", me ofereceu sugestões valiosas. O dr.* José Carlos Fragoso *esclareceu, várias vezes, minhas dúvidas sobre as consequências que poderiam se abater sobre Aluísio de Souza Rangel, com a paciência e a generosidade que lhe são características. Evidentemente, qualquer interpretação jurídica equivocada deve ser atribuída ao excesso de paixão do jovem narrador. Registro aqui meus agradecimentos à colaboração desses amigos.*

Antes de entregar os originais de Atentado *à editora, submeti o livro à apreciação de cinco pessoas: Ari Roitman, João Máximo, José Carlos Fragoso, Maurício Rodrigues Mota e Ubirajara Mota. A esses leitores primeiros, meu carinho.*

Rio de Janeiro,
Maio de 1994

Editora responsável
Janaína Senna

Produção
Adriana Torres
Ana Carla Sousa

Produção editorial
Gabriel Machado

Revisão
Flávia Midori

Projeto gráfico
Priscila Cardoso

Diagramação
DTPhoenix Editorial

Este livro foi impresso em 2015, para a Editora Nova Fronteira. As fontes usadas no miolo são Adobe Jenson pro e Typewriter. O papel do miolo é avena 80g/m², e o da capa é cartão 250g/m².